远如紫色

远如紫色

桓熔 著

当代世界出版社

目 录

醒河·蛰行

晓爱·流飞

深藏·见羽

冬窗·冰花

冬窗·冰花

- 5 神行
- 6 重新选择，为你画奇城
- 8 品无事茶
- 9 浓荫
- 10 偶尔，丢魂
- 12 捉月亮
- 14 春之种种
- 18 春天的响尾蛇
- 20 在瑞士小镇
- 21 光辉和毛驴
- 24 针灸中
- 25 借酒传神
- 27 有关乡情
- 29 一把兰州记忆
- 31 请读懂我的爱
- 32 冥想，于漂泊的
- 34 宝音巴图
- 36 千年
- 38 昨日光影
- 39 冬问白菖蒲
- 40 你那一丛时间
- 42 春睡
- 43 一句一魂
- 45 梨花开了
- 46 靠天
- 48 在医院的日子
- 50 又见父亲一面
- 51 白树林
- 53 爱着的
- 55 山里人家
- 57 壶煮
- 58 在平流层
- 60 我在故乡的屋顶
- 61 一九八五
- 62 悬明
- 64 满睡
- 65 温度
- 66 小黑豆
- 67 鹿虎
- 68 祭灶爷
- 69 这是在哪

深藏·见羽

- 75　有神的鼓舞
- 76　轻轻
- 77　追上疼痛
- 78　多少灰雁，飞出一只
- 80　洛都，明堂
- 82　一位母亲的时间序列
- 84　母亲的记忆
- 85　你的，我的
- 86　我见鲲鹏
- 88　无境之窗
- 90　某一天
- 91　街灯
- 92　表达：早安
- 93　霍金审美
- 95　银杏：一叶陶陶
- 96　藏行
- 97　剁剁歌
- 98　突然我悬停
- 100　风一曲
- 101　厨房
- 102　天麻麻亮
- 103　拉卜楞寺弯曲
- 104　呼啸声
- 105　哑姑娘
- 106　远山
- 107　桃花开了
- 109　空屋子
- 110　凡间
- 111　诗人与诗
- 113　孤句
- 115　我在深谷有一群鸽子
- 116　春醒
- 117　说哪算哪
- 119　蓝山口
- 121　乡间
- 123　诗人的灵感

晓爱·流飞

129　端午节一起吃粽子
130　脆、粹、碎
132　夏末，一帧
133　秦塬牛说想外婆了
134　旷
135　万物的倾诉
140　囚徒的美意
142　柔至
144　雨在下
145　冷坑
146　尘上无瑕
150　观者
151　写给木心
153　祭冬
154　精灵之舞

155　大明湖曰
157　六点，沈家门
159　庄户女人
160　冬晨
161　眼神的
162　描述
164　一排杨树
165　赤褐如瞳，我画一条地平线
167　无我，无尽，我的旅途
169　雷声里
170　鼓东东
171　轻轻的
173　陌城
175　与老阿姨聊一生

醒河·蛰行

- 183 贫穷的夜
- 184 缺水的日子
- 185 故事的开始
- 190 被定义的童话
- 191 够了，杯子
- 192 晓霞走了
- 194 原本
- 197 浑局
- 198 写作，我才看得见
- 199 白花花的
- 201 秋皇
- 203 我的苦役
- 204 斑马线上的乳房
- 205 肩胛骨上的月亮
- 207 永恒的极致，瞬间
- 209 渡夜
- 211 江舟
- 212 遥远
- 215 寒花
- 216 又吹北风
- 218 我的撞击
- 219 高过秋藤
- 220 沙尘暴，偷袭
- 221 梦回川西
- 222 与苹果的对视
- 224 传递
- 225 山下小镇祭奠夜
- 226 秋遐
- 227 逃离一些场景
- 229 那年道县
- 231 大师的旅途
- 232 我们都在找
- 233 期待
- 234 青山图
- 235 无题
- 236 愿我们相信世界最终法则是善
- 238 擦玻璃
- 240 我想我是飞着的

小菜园里茄子的紫／母亲抚摸过
我不敢再碰／所有的春天都远如紫色

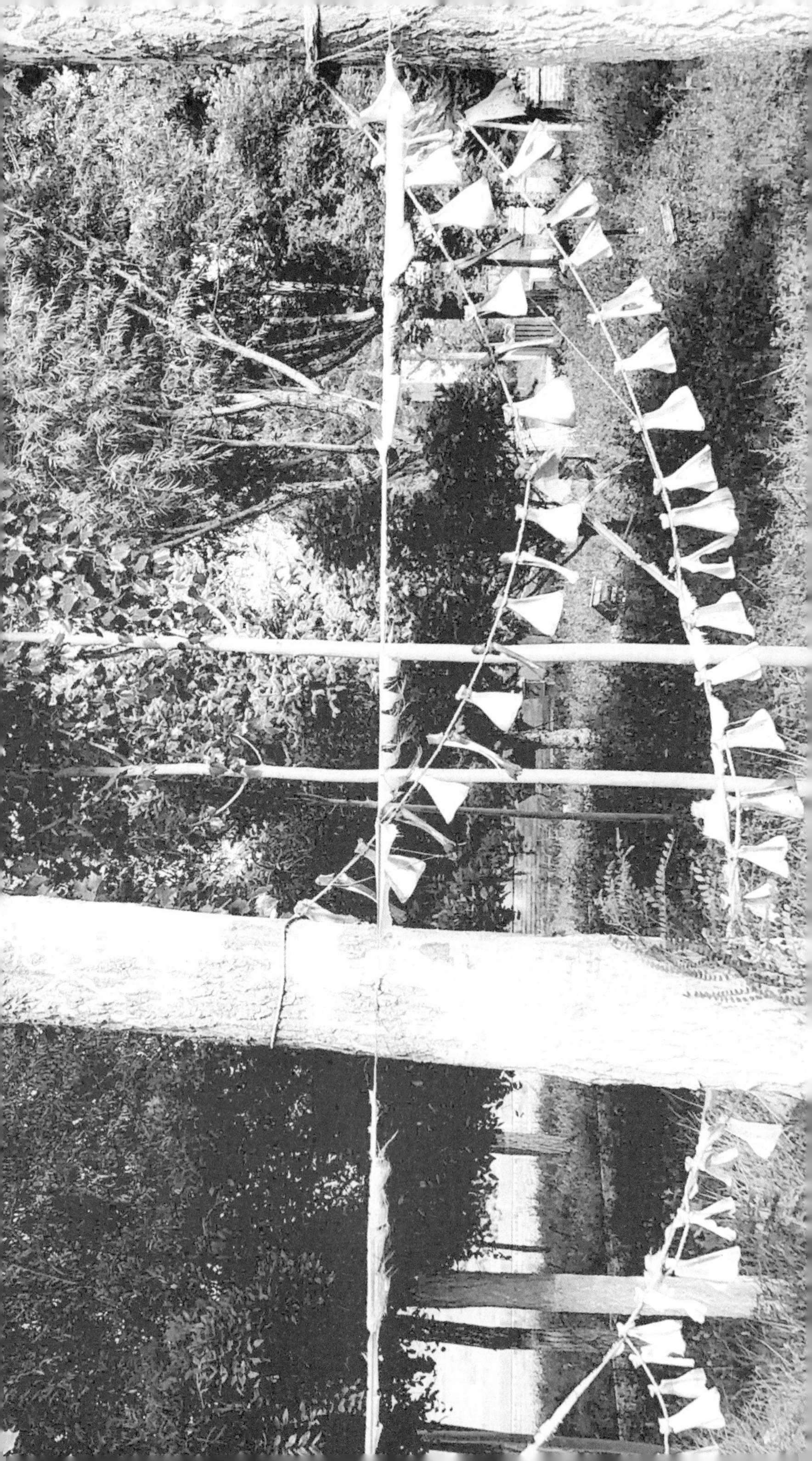

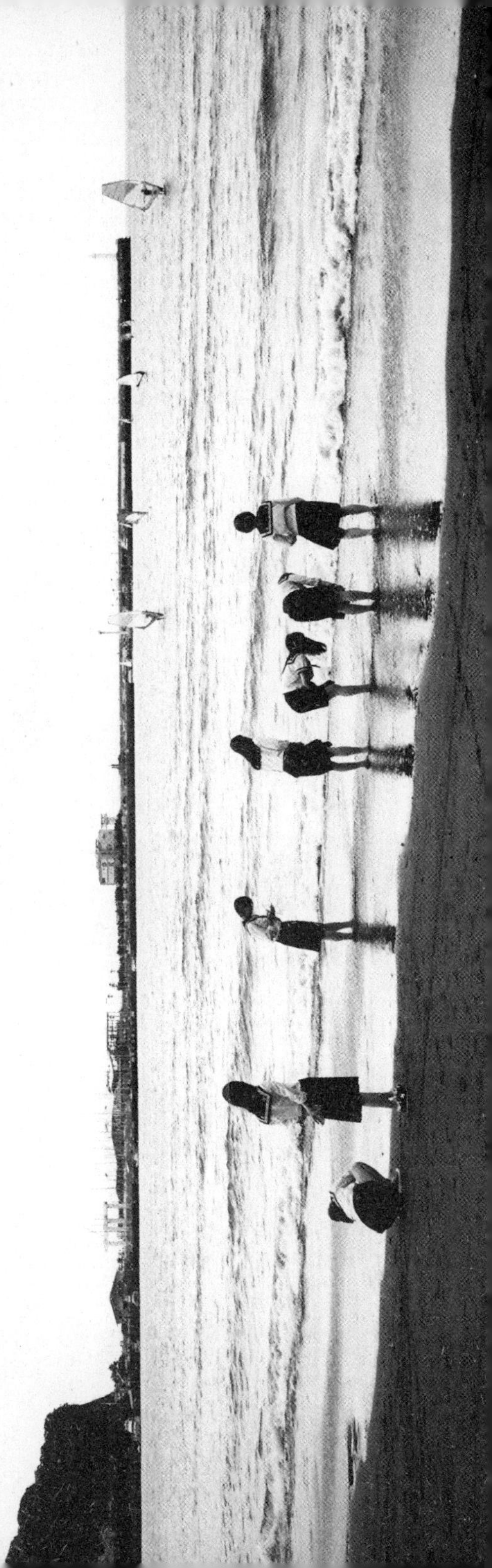

冬窗·冰花

神行

一想到黎明新鲜
一想到旷野流淌
一想到我们野马一样相见
像松茸一样走进云雾,沾满露水
听寻歌召唤,未见饱满
一想到这般远行
我就感觉生命新立
或走在远古诗句之川
那苍茫眼底哦哦!迎住朝霞

再不能自持
一想到你已占据黎明,又卷起帐篷
我身心撞碎,碎成一万只飞鸟

二〇一八年三月十七日

为你画奇城,重新选择

我选择,放弃对视
致以银的波折
阅历如桐油
我会轻轻看过你
让你散发桐油般的曲光衍射

我选择,不再对抗沉重
而倾倒橙色、山蓝色汁液
致崎岖与哀亡闻香
一种液体给予另一种液体迎同
稀释并喧动

我选择,音乐之城
斑马线画上隆起与音符
一个因为活着的人
和一个因为音乐的酒吧不弃不离

巴赫盛满杯光,比才的卡门在角落营燃
清晨扫去落叶,致蜜爱滑过枝瓦线
声音在折返中取出梦幻

我选择,光阴迷恋感觉
感觉比马鞍更摇悦山野
勿再浪费生如夏花
一个身形,一个眼神即闪现城市的味道
我们交语或不交语
都汲荫于某一首诗里
或坠入深深的藤巷

二〇一九年三月十九日

品无事茶

雨下着，下着，下着
我同一些人，一些断句卡在雨天
静握波涛
冲一泡老班章
有芽无芽的迟厚
酽酽老城春睡
浓浓意取西双版纳，的勐海
傣族或哈尼族姑娘揉青
筒裙小风，揉进茶尖
一尾鱼游得深醉
穿过几百年春天的门洞

二〇一九年三月九日

浓荫

樱桃巷,玲珑瓦
语含流水,白墙根儿
一影花鹊飞进

窗若瀛洲,三两枝
不知冬春
枝头花待墨苏
却无心意

白日听船泊
蘅芜君坐对幽香客
夜题潇湘竹,画里飞夺

世代的潭,觉菡萏言语
自是眉眼凝丹,唐宋涟漪
阁藏春秋易,尘光玉骨
无物无恃,落子,轻烟,凌风

二〇一六年十二月十八日

偶尔，丢魂

1

偶尔想起远端的跳跃

2

那么幸运，能去你的世界发现我的极致

3

关于月亮滚上山崖上那段儿
一生只一回

4

饮尽一杯液体瞬息
长街褪色，枫路细长长的

5

一位老人沉坐进时间长椅
因为另一个人一直压着她的衣角

6

从木门槛到柳条筐到墙根儿
她走了七十多年,便悄悄飞起来

7

有一些时光无法描述了
因为去掉你,林荫与凡高立刻塌落

8

欣悦朦光五点几声雷滑过
追随它去触摸山野、小镇、乡村、奇美心灵
那泥路,簇簇,新扩的田亩

9

突然醒来,与你赤脚相见
许多窗户堆叠冬日,冰凉却清晰

10

谢谢你们将美酒呈放窗台
我偷饮了,我偷饮过的一定是美酒

二〇二〇年九月五日

捉月亮

卷起裤腿
漂来童年
月牙儿晃着摇着
大人们聊着悲伤
我不停往深井里丢石子
院门敞开，一条
银白的土路隐约扭动
土路隐入一片小树林
几间空房子封了门窗
白天路过时，王三儿
讲了鬼并肩的传闻
此时月亮刚好爬上
前排徐创前家的柴垛
蹦了几蹦，出现一具人脸
我没讲，他们正聊一些悲伤
我独自溜到杏园后的瓜地
杨三爷的看瓜棚还在
我一直喜欢睡在瓜棚里

听一个讲不完的民国货郎的故事
听月亮穿过杨树的沙沙响
今晚树叶太稠密
我把自己藏在瓜棚里
杨三爷已睡熟在园后土岗里
后半夜狐子獾子兔子
在瓜棚下走动,还有
两岁时见过的一位祖奶奶
赶着她那群绒黄小鸡来看我
后来大人们将我赤条条
涂满酒精,举着火纸念叨门窗
我也不断地念叨月亮,月亮
有人说这孩子没救了
等天亮吧

二〇一五年三月十一日

春之种种

1
你埋进春天
就是春选择了你
它欠你的

2
春天的火车
鸣叫声怎么也高不过鸟雀
树芽儿就这样表白

3
记得墙角一块冰
融化作太阳
院与院之间生出了小径

4
寻不见你
就守在春天里
等你,就成了美妙的事

5

唯野花能代表春天
灼烧小枝的
是澈寒、傲霜、干涸、灰烬

6

我们自己就是春的讯息
一直在奔跑
就要追上，却又夏炎秋深

7

寺院报春
深山人家的报春
都不要惊扰

8

人们总会轻易得到
堆砌的春天

9

有一种童年
是贫穷的杨柳晓堤
苏醒就是最高昂的词汇

10

一说春宽梦窄

大师隐居于笔墨

山水声绿淳淳

11

灰瓦白墙

一枝探春袭窗

绵绵入雨,又自然醒

12

她细绣鸳鸯

镶嵌于小城湖畔

波纹、波纹,荡漾、荡漾

13

到达最远的澜沧江边

让春水饱含思念

激流抱紧岩石

14

一扇清新的窗

犹如青春不设防

15

若要春意
莫要走入太满的春天
譬如

16

凉州春来晚
金戈声划破大漠坠入蓝天
一滴雨砸向土城墙

17

春节前俯看山村碎瓦
欢雀孩子们
沿一竿竿翠竹躲藏

18

让冰河眼含春途
我穿行于一座一座睡熟的村庄
读出春联里的春光

19

春江长,春桥近,春心远
天降黄花随人去
人去不识春

二〇一七年四月十六日

春天的响尾蛇

春深水浅的暧昧
爬上墙头、钻入簧管

金狐狸闪出一微阳光
而雀花若心绪

意志的旅行者
占有谁,就是谁的反面世界

春天也有毒,也作响
爱与毒相互占有

白马站在紫色苜蓿地里
农夫心生爱情

春天洗净石桥
像村庄洗净女人那般

生命选择嗅着异样的性觉
顽固者窒息在窠臼中

   二〇一八年三月二十一日

在瑞士小镇

阿尔卑斯山下
我只有一杯啤酒
木房子缀满花篮
像他们的聊天
二楼露台上白桌布正优雅下午茶
听不懂,但草木秩序
苹果树静得只有苹果青
山仿佛一桶更大的麦香啤酒
倾泻石头房子,生了根
开窗碰湖水
我又要了一杯啤酒,火车停靠
小站一声叮铃
无栏无闸没有奔跑拥挤
一位旅客如二分休止符跨上车厢
水鸭没有惊扰
两条比基尼
睡迷了湖畔半个下午

二〇一七年八月六日

光辉和毛驴

黑夜的毛驴
老人们说鬼附体
我也说夜里毛驴站着
或跺地的声音
都很贼
光辉不信

村里的黑夜是光辉的
以前村里的毛驴
也是怕光辉的
夜里光辉撵着毛驴
满墙根儿跑
三更天把驴影子
跑得细长细长

驴就是驴，半夜
就去挤光辉家的墙
有人说光辉娃
你家墙有问题
光辉不信

继续抽驴赶驴
毛驴便蹦着跳着
变作黑夜的一部分
后来光辉白天也赶驴
驴总去接近光辉
光辉和毛驴似乎都快乐
大家说光辉属驴

有天光辉不再赶驴了
一声不吭绕着驴走
驴就在夜里大声嚷嚷
村里传说光辉得了阴症
光辉病有两种流传
队长说光辉连轴三黑夜
在磨房里赶驴拉磨
三天后就说了一句话
黑夜是个大磨盘

光辉的婆姨另有故事
光辉和她骑着叫驴走夜路
上了碱滩滩
叫驴一步不动
棍子打折好几根
四周白生生

忽然叫驴飞了一下
光辉摔在地上
忽然光辉看见
叫驴的四个膝盖
雪亮雪亮
睁圆四只眼睛

我们却想
长大和光辉一样
不管是赶驴、磨面
还是沉默的光辉

二〇一六年二月十三日

针灸中

接受指令趴在针灸床上
接受后背扎满针
看不见,幻觉乌鲁鲁艾尔斯岩接受光芒
突然旅途之上,山南草坡。
草尖抖动季风的孕育
又夜象寥寥,许多少年的想法跳跃
但我被钉子钉在了某一个地方
如同必须接受宿命,等小小的轮回
来到巨大的水泥桥拱下,卷缩
流浪者,衣不遮体,等待命运流星
也在俯瞰。在远远近近乡愁的高处
高僧被钟罩住。被佛经的智慧定在寺钟下
一个空间窒息,另一个空间明觉
微微余光,蓝色护士帽像水母漂着
水母有歌声,她自己还没有听到

二〇二一年三月十二日

借酒传神

船载兰陵美酒
渡口金黄
金黄海岸追逐瓶子成色
摇云梯上攻城的火焰
吞了火焰,吞了孤城,寂寞是酒的度数
背了抱了挣脱了撒手一地诺诺
阿耶!美第奇宫殿着了魔
赤身贵妇湮灭数万重甲铁骑
扶歌,如歌,城歌飘
丝丝冰凉,我灌下时时刻刻
王侯故事率土之滨
而我只在针尖上种下波涛
重音鸣金,我便以为
角落和冬场你们欢快而性感
动达指勾,顿克弯弯眼白
金属声是条顿骑士团征战中

悲情血液与圣城都美得无法灭亡
我的拯救你同样无法认知
长矛阵列一边冲撞一边举杯

二〇一八年十二月二十六日

有关乡情

老路
它通向我的罗马
苍云飘处
与远祖们坐在坡顶路的尽头对话
争吵一条河的去往

喇叭花
小镇夏天
托在稚嫩的手心
把荒漠的阳光灌醉
多年后再回望
花丛中伸出母亲的手

一片小树林
是冬日的秒针
是二十年前的黢冷
是故乡飞来的万箭
是小巷送走的一片雨

归乡
六千里惶恐
忽一声鸟鸣
轻轻走近酣睡的泥土
村口的路再长些再长些

有关开始的记忆
年少时射了一箭
开始追逐
畅想在一处茂林清溪
被那支箭射中
甚至疼痛是枚尊贵的徽章

追乡
站在坍落的土墙前
听很多年的声音
夏天就爬上脚踝
仿佛牵牛花爬上窗台
这静彻如玉
或是他人眼里的荒芜
一条小路
通往燕雀喳喳的檐廊

二〇一六年一月二十三日

一把兰州记忆

九十年代，一个荡敞清晨
我临窗读兰州
从一幢老砖楼四楼享受陌生
五泉山下松风游
如是民大校园二墙
乡里人携带被褥摆卖瓜果
一些知识分子挑挑拣拣
他们相处得很好
几丛牡丹溜墙皮儿盛开
沾了省城人的优越
汗帽子们点数毛票儿并微薄仰望
身后陌巷深深
把兰州至北京或纽约绷上弦
一把小提琴从某个窗口扯得很长
一个上午，这些人走进小说里
又走出来晒晒太阳
将自己熬成豆浆、小米粥
只买了一捆小葱的长发教授

午饭后蘸黄河水写风流事嫁接给农村
一把兰州阳光切割得匀称细艳
远处车来车往人心高耸
小红房子在桔色街心

二〇一九年一月二十一日

请读懂我的爱

我企图爱你
为此我毁掉灯塔
我要漆黑地爱你

我躲进乌鸦,或者
将你的对岸写满黑体
在黑色里,只有黑和黑

若困在乌黑的高原上
我们只有抚摸对方的星宿
酱黑酱黑的来路去路

我挥黑而来
纯黑的意志只在火焰中可见

二〇一七年七月三十日

冥想,于漂泊的

黄澄澄,玉米哭出来了
农夫在她怀里睡倒

  渠水,渠水,饮过牛马后
  就去天边吧,蓝凉凉的

远方,远方,别让我到达
我猜想了一路,房屋像花儿闪烁

  小菜园里茄子的紫,母亲抚摸过
  我不敢再碰,所有的春天都远如紫色

大路被拙憨的骆驼挤倒,西北往去
埋没,用写过的柳林风声,多少年

  月亮在丘陵里转来转去,我们都迷路了
  妈妈的火堆着了一夜,再没有灭过

　　　　我问你你问他他问了白骨
　　　　冬天的铡刀，春天纤细的脖颈

　　　世上值多少根金条？文字哑然
　　那是他宠大的孩子，他已不修边幅

　　　　　诗人隐于草色、乱石、瘴疠
　　　　用语言折磨劣化的暗弱的觉悟

　诗人是奔跑的藏羚羊，在可可西里
　　听见自己的惊慌，人类互相驱赶

　　目送你走入深巷，我与星星一同流浪
　　　野花呵，都是我亲吻过的印痕

　　　　　　二〇一五年十月二日

宝音巴图

火炉旁,烤天气
他弯屈了三个小时
不停用炉钩敲打炉壁
让呼牙牙的暴风雪听见
让消失把踪迹找回来
隐约夹子叫,让猎物再扛一会儿
红箱盖上,座钟和银碗锃亮
他对着半盆羊骨头继续挑剔
与白亮亮的骨棒一同享受
忽然一道冻响把星球裂开去
风栽了个大跟头
骆驼与羊卧倒,吼出祖辈吁叹
等风停了,等草光悬浮牧场
他一杯酒,一杯酒地等
从少年等到中年等到老将将
还好方糖足够茶叶足够
再敲敲炉壁,让里屋也暖起来
羊毛毡靴和酸奶坛子也在等

想一想在这里几十年
或者在阴乌拉山
竟然是一个偶然的想法
太熟悉,好比把自己煮熟
风向、火苗声里
他闭眼看见几里外迷走的羊
躲在哪一疙瘩沙梁下
用火钩点支卷烟,再烫一下仙板骨
他知道东北方向有人来了
这时间只能是库勒丹
再烫一道,另一个时间
他们这些鬼魂
变成风雪邀赶畜群
或者变作取名陶勒盖的羔子
再哪也不去

二〇二〇年六月十五日

千年

在瑶寨喧语中早早醒来
煦烟已爬满全身
从一扇门到达另一扇门
只需要几块石板
我寻取更多千年陈述
一年一年熏,房屋漏光
挤在一起的墙体和杂草丛
很难有人抽身离去
唯台阶编年,爬上祖宗长老的领悟
我也爬上去,腿很沉重
肺腑在清早在瑶语在烟火中发芽
两旁屋舍敞开了锅灶
旱烟叭嗒叭嗒
这是他们传递下来的溪水
每跨一阶石板
仿佛穿过一辈子雨声,嫁娶
他们俯瞰群山,吹奏,舞弄火把

然后致僻远宁静以酒鼾
我心尖点亮,却短促
问煮卖红薯的阿婆高寿
她单手展裙一笑,眼神何曾疲倦
一如十八吹红烛那一瞬
今年八十六
绣在千年台阶上

      二〇二〇年十月二十日

昨日光影

光之苔藓，腰之臀
停顿，停留
夏天白素
却恰好一缕歌声
石墙根儿怦然心动
水荫荫的消息
薄荷味的傍晚
一页，三页，五页
一三五步琴鼓
光秃秃的边疆突然稠密
小世界摇着大世界
小如一根灯柱一个搂抱三指肋骨
鞭炮声震落枝丫上的雪
苔伯河挂在廊壁上
春去秋来，便春一声秋一声
一行白鹭刻进老榆树
曾经小城霓裳
也惊动月白玉兔

二〇一七年三月五日

冬问白菖蒲

若故乡需要纤云思念
若音乐需要乍起忽止
若你冬窗晨光需要远方枝条
若将爱需要马蹄声碎
若你数十年无法忘怀
若哲学需要雪原照亮
我愿意是一丛长野白菖蒲
我将生长你的声音
丝丝入眠，殷殷霞红
过故人庄般放归
于安然处而无所顾忌
兹此登古桥，借问而怀念

二〇二一年十二月三日

你那一丛时间

你于世间的
不过是一枚脚印
迢迢,曲曲,那弥远小点
随时被蚂蚁扛走

你更像一棵行走的沙枣树。扎进冬尽头
刨了坑,填上土,总在忙碌
我一再饮下烈酒,一再寻见你
而你不停种下将与你无关的日期

嘎若收勒。你听得懂风声
风声对风声,你们谈论至雪迹斑驳天长了
小沙丘说到激动将你搂倒
水卡子咕隆咕隆

露宿便作客,野树天星好客,也好饮
你们醉了醒,醒了醉
捣酥油一样的句子唱至天狼星打瞌睡

野兔献上肥体,狐子留下皮毛
金坦坦,光坦坦,天地绿洲眼
晨风好驼色,一瞬间散开,草密情长

二〇一八年八月七日

春睡

奋不顾身的痛
渗进纽扣,解开
一枝花儿劫持一个春天

睡着或者醒来
就一粒纽扣,尖尖的
钉在胸口
八百里,只藏了件敞开的红袄

霜瓦,再往上就是春崖
细细的脖颈,野鸭白
白山路春天爬进森林
冬天才爬回来

二〇一七年二月十一日

一句一魂

1
雨下着下着
熟睡在窗前

2
你走进人群
成为别人

3
砖巷深深
只有牙齿的声音

4
小提琴拉开蟋蟀的门
一岁一末,林草、余辉

5

背影像宇宙黑洞
世界消失殆尽

6

从一个宇宙到达另一个宇宙
只需穿透一双眼睛

7

他忽然将手伸进画布
画中少女惊慌失措

8

一壶好茶面对饮者
随波逐流

9

乞丐是你多余金币的响声
还是咬你的狗咬住别人的眼神

二〇一七年八月七日

梨花开了

燕夺泪
我夺檐
我与呢喃争旧日

二〇二一年三月二十五日

靠天

日他仙人
杨老汉唾掉烟把把
一口一口地咬牙
把山崂子咬掉
把天咬个洞洞
傍晚可真像一张烙饼
县太爷在吃烙饼么

老爷天呀!
干嚎的驴子
他反复爬倒在路上
认错,求饶
和上百个神论交情

天神哪! 地神
门神哪! 水神
雷神哪! 马屁精神
蜈蚣神蝎子神哪

过路的小蛇神
祖宗十八代

他竟然相信
爬在地上能把太阳顶走
穷死就死
总是故土埋人
他爬着像病倒的牛，护着壕沟
他是土生的土
注定的

老爷天以前也严酷过
总会降下恩典
杨老汉和秧苗子
一套弯腰哲学
求天
也求苍蝇
谁不在日头下？

二〇一七年四月二十日

在医院的日子

上楼
每天我要做选择
单号还是双号电梯
去替另一个人选择生命
所以我会突然选择单号
然后自五楼步行上六楼

45 床
在楼下吸完一支烟
然后给 45 床带去一些语句
你神仙了,半个月不吃不喝
你到处插着管子连着电脑像机器人
他也乐开满口假牙说终于做过手术了
出了门车尔尼仁琴堵在门口
这就是一幢癌症楼
有几次见他偷偷地哭
笑是送给我的
但他从来没有赢过我,这次也是

医学

表阿霉素、赫塞汀、靶向治疗
我要分出陌生人群里谁怀揣利刃
善恶只在毫厘之间,枪响了
我与他,他与白细胞、血小板
双方伤亡惨烈,明天早晨
一口气在他看我的眼睛里
我无法理解咽下食物有多困难

二〇一六年五月十八日

又见父亲一面

我偷偷回到小镇
办完事就走,但还是
远远看了眼父亲居住的小院门
还好,他背对着我
就坐在墙根下
看到就可以了
我扭头快步往车站去
有人大声说那人好像你儿子
接着听到父亲说是很像,经常看到像的
于是我加快了脚步
却不慎摔倒而现出原形
听见父亲说哎呀就是的我去看看
于是我看见父亲往车站奔来
消失在一堵墙后面
这时我却醒了,凌晨四点
父亲已走了一年多

二〇一八年十二月二十八日

白树林

白树林,裹紧血白
白色神秘因疼痛而简单
一瓶一瓶,神秘高悬
每人都有一线生机
白色游荡着,多美的翅膀
白色树枝不断挂上肠胃
我们笼罩在白色雾气里
不见城墙与奔流,唯有一扇小窗
窗外一棵玉兰开满花了
白色早晨,白色中午,白色晚上
白色的药效。准备了很多
都是白色帆布的碎片
白树林认领肢体并等候挑选
围困在白树林,我们会四处抓摸
任何一个部位都会突然咆哮
白唇喊出白色的蝇群,白蝇子繁殖惶恐
我们是如何到达这白雾的
白蝇子从一个个路口跟随而来

白树林里,我们透视了躯壳的薄
透过纸一样的身躯听见三月下春风
曾经春风领着轻盈的我们

二〇一六年三月十五日

爱着的

爱你，就为你负重
陷入更深的车辙
已忘了你撤去星斗
爱落入城池，成为池鱼

爱你，就追随你的骄傲
尽管你点燃月夜
也寻你浓烟里的模样
爱你多年，不能锯下的肢体

爱你，只好小声抽泣
用单薄的手关上窗
用孱弱的肺保存你的气息
爱有些焦灼，等你清风徐来

爱你，希望在隐约中
摸到你，以血液温暖你
希望下一个春天你决然醒来
爱已捐出色彩，谁又倾倒乌黑

爱你，从扑闪双眸开始
守在你病榻旁，同染重疾
化羽奉蝶，只为你光泽的容颜
突然就寻不见你了，不见水
也不见桥，我该如何送达爱意

二〇一五年十二月二日
写于霾天

山里人家

找到她们
我绕行了一小时山路
她们蘑菇般
藏在一幅幅山水画深处
从拍摄傍晚的群山
到拍摄她们挑着落花生
我一路尊持拜神的心

那些渺远的山水相依
还在她们牙齿上
我欣慰于雾水打湿着泥土
除了带走一些新花生
我别无所求
她们煮一盆甜甜青菜
与乡间小楼一同掌灯赏月
亲姐妹四个
从年少就一同守这山间春秋
美美地睡熟

我一直守到鸡鸣山蓝
悄悄离开

　　　　　　二〇一六年八月三十一日

壶煮

太虚界太安静
茶壶沸煮着
茶,别人手掌山花,青雾,后半夜
茶壶故意,煮着别人的肘子
煮心,煮栅栏,煮心经,煮心静如别人
别人以为煮了只肘子
烂漫得煮,时间得煮,煮一点收藏的盐
也煮江河,煮路途上观澜之半山灯火
待到壶入境界,煮一番云雾道理
千千花阙,入壶来

二〇二二年四月一日

在平流层

平流层，飞行静悄悄
一众捆绑，最近距离躲闪
谁与谁也不发生关系
我离驾驶两道帘
航向在他手中，猜想他的情绪
忽然不知会飞往何处
几个动画片小人人没受干扰
欢乐编演庄园故事
绿庄园小电视
人类也将会这样
空姐用标准漂亮检查每位小朋友
我忽然看到薛定谔反向理论
每个活物存在于固定
被临时状态牵着
我在机长手中
他在平流层固定态上闪过修改念头
或者早到半小时
或打着瞌睡委托了设备

我称之为平流层固化信任
昨天我们交付了，今天也是
食物在胃里拔出制作者的刀
飞机优雅降落，表面上什么都未改变

    二〇二一年七月二十五日

我在故乡的屋顶

游子拔出孤独,像窗外的树叶那么多
对于故乡,我像犯了错的孩子
身体里一块铁横着
是没有担负故乡应该喊出来那一声
对于故乡,我像逃跑,是逃亡者
不再有一棵树一檐瓦植入我的劳作
然而我却盛然回到洒水的绿荫
一蓬一蓬随时接纳我的温煦屋顶
屋顶搭着宽厚的皮毛,住着善良的心
你们守护乡音,栗色晨光才具体
故乡一词太空渺,我遥迢细数
数到你们柔柔捻炊烟,轮廓唱醉高原
我瞬间被托举,
斜阳外,黯乡魂,美在山岚苍蓝
描述故乡我必须描述你们

二〇二一年六月十二日

一九八五

老榆树,老疙瘩,老星星。
井里套着井,狭窄如肠

守井人在两重世界犹豫
唯有时间可以醒悟

如今,指一指
他们便化了。

二〇一七年十月二十五日

悬明

1
占地一垄，也占天一方
一方烟火世代相传
一田一田绣上云台

2
把你抱紧，把知觉抱紧
是细雨是山涧
至深时刻
温暖声訇然作响

3
你拒绝争宠
就独享了寂寞，流水挂上树梢
青石之心夜以继日地洗濯
夜以继日地伤害

4

生命,解释过万年
仍无法逃脱
死亡的恐惧像是个要挟
但死亡育生一切
死亡也搅拌着一切

5

莫问天意,问过
天就矮了,天意消极
消极而求
我们用文字表达出
没有路的地方

6

美是拒绝的,以拒绝成王后
从上一次颠覆到颠覆
饱饮干渴饱食饥饿
美由睫毛征战疆域,王气纵然

7

羊群翻过夕阳
抹去牧羊人一天
我旁观了尘土,滚滚宁静

二〇一六年一月七日

满睡

悬月困了
砸了一下水缸
我醒在温良的呼吸里
山茶花湿了墙
小路还醉卧
听前窗爬搭在后窗上
用几个世纪的麦茬酿湘西土酒
莫催早,黄花晨
再横着睡一会儿吊脚楼
过了楠竹桥洞就是德旺家
小磨豆花眼神真干净

二〇二一年八月三十日

温度

39度
我抱紧体温计往上爬
终于抓住飞走的帽子
帽子上面已住满神仙
神仙正狂扇丹炉
丹炉里飞出个孙猴子
十万八千里
没有火眼金睛
一个乞丐用锁链牵着猴子
脚下只有一粒尘埃
温度还升吗？
尘埃就要化了

二〇二二年三月五日

小黑豆

小黑豆
在黑色里
叫了
仿佛看见明媚的冰砸开春天

偌大的清晨
鸟在鸣叫,树也鸣叫,书中寺院外的海棠鸣叫
一名年轻士兵悄悄撤出壕堑

二〇一七年三月十五日

鹿虎

鹿斑与虎斑
遇见在诗人的水边
我们喝水吧
它们喝下睡莲、夕阳
听到鹿虎在水流中低喊
救我吧
喝饱水后它们互换了身体
并在对方体内吃掉自己

二〇一七年二月二十日

祭灶爷

真切记得
就一回
母亲黑蒙蒙起来
升火,烤小花卷
从擦拭明亮的窗户上
请进灶王爷
母亲与灶王爷聊了很久很久
雪化了一半
我又睡了一觉
醒来。母亲
已是我的灶王爷

二〇二二年一月二十七日

这是在哪

只记得昨晚大漠湖水
湖水被我喝尽
睡得霸气
醒来镇上独我一人
公路也撤了
听,什么也没有
恐龙蛋在等
明天或一亿年
我翻找年代
点亮一窗一百年前
它们饥饿的善良藏匿四周
嗅到铁味,刺透
退回冬眠

对面山顶上的雪
看到了我
是你吗
别用一千年趴在窗前
我已经受不住冬去春来送别
别趴在我窗前
那么痴痴地燃烧冰凉

二〇二一年四月十六日

街灯是我们亲密的数量

我与你／就成了巷子里的妖

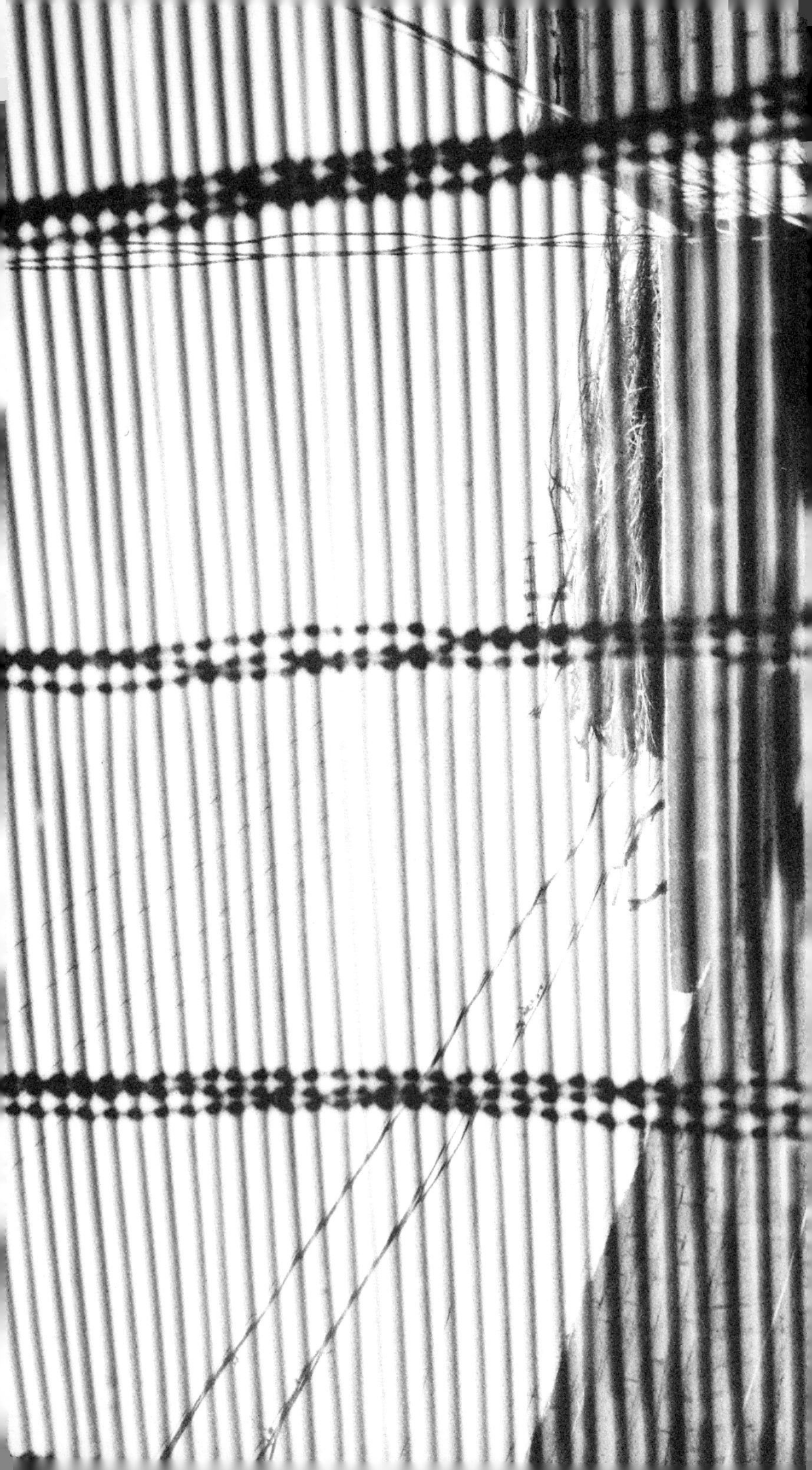

73

深藏·见羽

有神的鼓舞

花在花房
踪迹在花豹的山群
五百种草药被宠得神奇
一条河流送进另一条河流
哎,哎,细线怎么游走红日
远处,森林像众神聚集
我这就形体生动
敞衣宽袖去追赶森林
脚下是左拉遍野丰收的土豆
它们撅起屁股,白嫩而甜美
农夫们也撅起屁股,像山峦涌动
我抚摸他们,给予臂胯
与瓦罐节奏如创世记
我瞭望这到处裂开的土壤
直到那么多屋舍溅出星星
长眠者心怀感激
栏杆收了牛马的魂
音色按捺不住

二〇一八年十月十九日

轻轻

叮,一声
很轻很微
我的夜晚掉在地上
除了我谁还听到
你在远方捡起了吗
我该将圣洁付之于谁
窗外一百万只蚊子
一玻璃之隔,又弥足珍贵起来
那可能我幻听了
是汉宫中
班婕妤的玉簪子
轻轻掉落地上
此刻,连月光
都不敢冰凉

二〇二一年三月二十一日

追上疼痛

疼痛至什么都弯曲了
怎么就扳不直
它咬着一截小肠钻入草丛
我流着血等它,草茫茫的
疼痛就这样流进沟渠
那么深那么多的沟渠
它一边翻过一边散落
突然它又庞大起来
压倒了孤独的榆树
压倒了满山的山楂
夕阳成为秋风的窟窿
我伸手去摁疼痛
却摁住了一座城市
摁住了城市里一条还醒着的江水

二〇一六年八月十九日

飞出一只多少灰雁,

无论如何,灰雁
也飞一片海子

而我的芦苇荡皎白
闰月洗浴

沙洲上,我们一起降落
两个点消隐于灰野

多少孤独
方可成湖

多少灰雁
才能逃脱一只

风醉了,情非得已
呓语成风

飞进峭壁
就飞入毛茸茸的晨语

二〇一八年四月十五日

洛都,明堂

坑
还在
我用牡丹斗艳想象
一根中心柱
武皇御极
开十二门,二十四门,三百六十五门
昭仪姿容,感业寺烛照
神京天皇颁旨了
大唐一众男人自李治以下拜服
殿论
偷窥
文采功名享国
万邦朝贺
那造几个字镶嵌万世吧

曌

一生，千万万，八方，一忠

洛人仍取洛水

吃馒头吃饼吃面条

洛城外

麦芒如戈稠稠

二〇一九年六月十二日

写于洛邑古城

一位母亲的时间序列

母亲终于躺着听哀乐
母亲的秩序一下混乱了
母亲的篮子被别人提上街
母亲的街道空荡荡
母亲领着的白队伍浩浩荡荡

母亲把疼痛使劲泼进院子
母亲一手捧相册一手接电话
母亲的消息总也一样
母亲用眼睛不停擦亮玻璃
母亲将旧衣裳又整理了一遍

母亲的心送上一列火车
母亲扎进另一个故乡
母亲小跑着,粮食与孩子
母亲向校门外望孩子的未来
母亲向校门内望自己的青春

母亲在黑白照里成为密码
母亲让一部老电影永远遮住仲夏夜
母亲用一张少女照抹去艰辛、不如意
母亲的塔局限、渺小、伟大、沉默
母亲为了恢弘母亲背景戛然而止

二〇二一年五月九日

母亲的记忆

母亲于我
只剩一丁点声音
像冰碴儿
我松开指缝
叮咚声飞走一缕

那年母亲带我走了十里夜路
去看天空悬挂的银幕
后来她学唱三滴血
在丘陵上
月亮忽大忽圆
我听得紧张
紧紧攥她的手
就将这一点儿声音
攥进了手心

二〇一六年中秋

你的，我的

世界是你的，远方是我的
独木是我的，桥是你的

牡丹是你的，水土是我的
铜铁铝是你的，河流是我的

书本是你的，读书是我的
庞大是你的，渺小是我的
辽阔是你的，屋檐是我的

你是我的双腿，我即是你的眼眸
你是我的，我便是你的

我拥有你的一切，但不曾拥有你
我不想从你的楼梯坠落，你也不能从我的缺口流失
我已深及你的过去、现在，你却不知我身在何处
我痛在你的肝上，你痛在我的肺上
我多想送达一片爱意，你却山重水复疑无处

二〇一七年三月八日

我见鲲鹏

我见鲲鹏
一半在山海经里飞
一半是这片荒凉的巨野

它硕大地爬着
爬着堆积更远的阴霾
你弃绝它,便浅薄地醒来

一只受伤的鹏鸟
和一个垂老的傍晚
将力量传递给阅尽孤寂的人

我在开满野花的雪山等你
猛犸象最后唱出水声
你若听见,便有宝石般飞翔的眼睛

我见鲲鹏,羽毛散落
是父亲母亲兄弟姊妹的活法
乡土最美,像一只大鸟灿灿的呼吸

我等候鸟类,也因此而活着

二〇一七年七月二十日

无境之窗

脚趾打开
一尾鱼游进心旁

东方打开
一匹灵兽逃脱于衷夜

山门打开
右白虎飞出斑纹

没有打开,就偷一盏神灯
抛向咒语外的马格里布

庭院打开
瑶琴驾着蒲尾

天意打开
一道少年云霞雪藏

我企图打开你五指
让璞美落江河响赤壁

二〇一八年六月十日

某一天

某一天
后来叫马蹄泉,饮马声开花了

野花一路染上梅花鹿
覆盖若睡美

千里,渐渐化作良驹,化你神往
种一园茄光,言语刷上天色

茂密恰好,你倾心一笑
清水便取之不竭

奔腾少年已伸出铁掌、诡道
时间选中你留住蜻蜓

二〇二〇年六月八日

街灯

藏雪的,是经年的街灯
取走我们反复印刷的脸庞
譬如,你突然归来
另一个人已然熟睡
并梦见街灯下衣角冰霜
此时街灯轻轻吹着
一些房屋,散发异香

譬如,你深夜到达陌城
将遇见一条怎样的河
街灯画着他们裸露的样子
是你未来时光的醉意
是他们在黎明将要到达你的朦胧

街灯是我们亲密的数量
我与你,就成了巷子里的妖

二〇一六年七月五日

表达：早安

回忆叫醒了我
池塘边的鸟在上早课
长芒杜英是此刻窗前地理
远方蓝色水坝上人影开了黑白花
一只鸟葬在温暖的雪地里
那才是所有冬天的顶点
后来我们在一幢俄式拱形廊相遇
双方都堆砌一段深厚乡情
然而不知感谢谁
都金灿灿匆忙忙低下头
要感谢一堆错误叠加的坐标吗
略萨的库切的艾略特的
普鲁斯特追忆一个门缝
让有质地的光滑进来

二〇二二年五月二十四日

霍金审美

任意点，可以是宇宙斑
不，空间斑。
不，管窥。
包括落在身体上的
局部死亡
多美的障眼法
放弃身体以及固态、液态、气态、时间态、情感态
门外可以是任何地方，任何到达
无关我体移动，无关我体感知
意念也在相恋、媾合
但这些都是约定态
是一种宇宙力，是之一
如果其他空间力存在
一定存在。就有其形态智慧与生命
想象与多少亿光年无关
那些美丽或苦难的星球漂荡着
总要有故事支撑，或者一段故事酝酿开始
用眼睛看眼睛，用星球看星球

用宇宙看宇宙，用时空看时空
用弯曲看弯曲，用残缺看残缺
回到任意点，任意母体
带着森林与湖泊去往遥远的漆黑里
霍金却说，停！
犹如他不会因身形枯萎放弃爱一个星球
多美的星球，勿将它轻易撬起
万劫不复是个空间形容词
但存在，如他无法抗拒的形体死亡
而我肺正呼出蔓草，云朵，大气

二〇一八年三月十五日

银杏：一叶陶陶

一叶倾注
一叶追随
一叶风暴眼
一叶射向远光的回忆
一叶浑然不觉秋阶
一叶不吝冬盉
一叶从一树
一叶代我亡
一叶王者

二〇一六年十二月十二日

藏行

冬天，我适合回到顿涅茨
暧昧顿河两岸
与静静的邻居们添皱纹
等雾气，等田间肉肠般散开
麦列霍夫家院头上铁皮公鸡歪着
葛里高利用一枚枚勋章蘸酒
哥萨克草原只剩下马尾巴
拍打着懒懒升起的日出
我去深深的白桦林里写了一封信

二〇二二年一月十三日

剁剁歌

三朵,三朵
嗨!三坨子
跺。夺?躲!

就是这个节奏
跺夺躲,跟着跳
麻木,不仁
锅不高尚,嘴也不高尚
言之却有理

剁剁剁!剁剁剁!
牙齿舒服了

二〇一七年一月十五日

突然我悬停

群里安静
从以色列看月亮从约旦升起
月亮在阿勒泰北屯市后半夜挂着
他俩又聊了三句,没了

旧梦诗词说睡不着,走到这儿了
诗人静毅说:
路口的白菊花啊
月光一样安抚
贫瘠的人群

我点开图定位
额尔齐斯河张着弓
阿山路搭上箭
射落远途人的半魂

同时陷入两处月夜
我替许多人站立路口
想起曾走过奎屯、胡杨河市、和什托洛盖、白哈巴

中途在布尔津一半魂被掳去
此后常常想起散落路边的
牧业队、某团某连、草查干，月亮干凉
当时谁谁都在，雪山也乐意

二〇二一年三月三十日

风一曲

白马黑马摩擦白天黑夜
风一样白沙一样白
白衣袖飞过荒白沙圪梁
撩伤扎布撩情扎布撩粗茶粗酒扎布
野驹子走出冬口子
一日三绿鬼娃儿绿洲香瓜瓜叫
曲曲水淌夜夜淌，干房梁
吹我糜子吹我干草
吹我翘翘的蛋子
夕阳西下弯长长弯白白
走远的人影儿又回走一遍
毛扎扎野刺果滋滋
东边太阳挪到南边个
差就差一场猛猛雨
独杆子，叫三魂

二〇一九年三月十三日

厨房

冷水湖、圆木、洋葱
刀光隐匿于案
案之纹理接春雨梨花
容器宽坐,胜于浓汤
三俩杯盏昨夜听琴
休止线恰恰
崇山影垂,可入釜沸
鲜野菌草轻歌入味
肠胃便见于野,现于清淙
山雨骤停,我食之采邑
蔬椒媒妁,丝云作陪
可以竹盛三味

二〇一七年八月十七日

天麻麻亮

天麻麻亮
空气另有麻麻味儿
苦荬菜此刻释放甜香
野豌豆足劲舔着露水
我高居晨曜将露头的地方
站在毛树岗上
右望故园毛蓝毛蓝
左望父母抡镐劈水
毛蓝毛蓝，暑假在山岗上
一棵一棵老榆树接力跑向天边
是谁把天边书写得整洁有序
还有滑车在滑行

二〇二一年四月六日

拉卜楞寺弯曲

流星划破赭红袍
寺院妥协后剩下个院
玻璃屋,玻璃撒了
少年如新珠,入闻思学院
大牧场的酥油风是幡幢刮来的

流星划伤赭红袍
天空悬着奶牛
草原上的花都插在牛粪上
所以他们可以忘却时间

另一些《释量论》《俱舍论》时间
无限复生于经筒
另一些人来交换忘却的时间
以霍然恸哭安宁
以为俯身低于自己的怜悯心
闻出新鲜牛粪的告白

二〇二一年八月十四日

呼啸声

我的列车和我一样
冲锋在广袤夜央,山岭间
优美的身段儿摩擦睡梦、山气屋檐
持续着絮语温情,一声呼啸
这一声拉响婉转三叠,夜魅更加依偎
列车司机与我一样熟知乐章,珍爱灯火
松林、山鸡、小筑等到了这一声
如她们胸中持续的弹奏,睡眼安然
呼啸中列车弯行,舞蹈五位转
山坳里几捧院场在等,老城的老车站在等
今年辉煌收敛,稀疏,只山顶楼厦几点航灯
又一簇新宅绰约挺立、沐浴,含着夜韵
列车停靠,站名滑过,我忽然拎包冲下火车
明天蜀葵白墙,嘉陵江边小巷
广元还是南充?流淌吧,方向是重庆
一条消息,重庆诗人傅天琳昨晚去世
把诗中深爱过的堤桥百草还了回来
还有她关于母亲的一坎一坎,一段一段

二〇二一年十月二十四日凌晨,火车入川

哑姑娘

卖饰品的
哑姑娘
眼睛很纯很迷人

我听见了喊叫
深不见底

她挺起的胸部
语言拥踏

仿佛她在驱赶
一群一群大象

二〇一七年十一月十日

远山

作风的瞳眼
作老桥的睫毛
作江上饱满的心
作温暖落日的马群
作净沐诗歌的川上
作笔落秋林的烟砚
作躬耕垄上时的屏障

作父亲的故事
作母亲的雕刻
作故乡胸前佩戴的雨季
作屠格涅夫的倾倒
作掀起的音阶
作我与僵死的壮别

二〇一七年十月十九日

桃花开了

一树桃花的
两枝
因为我观赏
一枝主动开放
另一枝被动开放

想到桃花
春水便流向寨子
半山水粉
半山落雨

新雨是桃花的酒
桃花是酒香
黯黯春愁
二月，三月，四月

天是一条更宽的河
我划出青竹筏子
去寻桃花

二〇一六年二月十七日

空屋子

空屋子,猫在叫
残存一丝母乳记忆
一声一声高
一声一声弱
安静了
没有回音
没有追逐没有田园
阉割太彻底
再叫两声
孤独时听听自己的声音
一样的夜晚

二〇二一年一月八日

凡间

水汽蒙蒙的一月
要早早醒来
打探一些雪花消息
从沧州城郊到邓州石桥
从商丘河到淮安河,到镇江渡口
水果味的草垛、鸟蹲满腊月
北宋到南宋塞满路途,书生意气九州
早早醒来,去逃个荒
去清扫西峡、三门峡的街头巷尾
去潼关、渭南吃饱
沿绿水岸转道汉中、巴中
倒影屋群堆满稻米梦
我若水汽,沾衣抚摸,勿打扰

二〇二二年一月五日

诗人与诗

诗人,和游魂,兴性于
熟睡的气息,透亮的灯窗
伸出三指,取走缭绕

诗人,和剑客
喜好锋芒,摸滚烫的肠子
时间有时太坚硬
需要花瓣砸向大地

诗人,和农夫
捡起冻僵的蛇
先把春天打开,没有死亡
大漠上,绿洲就是湖泊

诗人,是轮廓,是惊鹿
赤裸着,紧追凸起的光线
为此交换身体,身体与意识对抗
乌鸦与乌鸦低语,村庄绿锈

诗人,是帝王,印绶文字
写下江山美人时痉挛
率土之滨
皆是新荒旧荒,倾下充沛的雨水
语言之精锐,折倒秋松之高昂

二〇一五年九月五日

孤句

1

年关走近

故乡却流失了

2

我稳坐钓鱼台

鱼更稳

3

小时候腊八大扫除

如今打扫远山

4

心动了一下

肺却远在另一棵树上

5

几年前一道划痕
已经挖成一口井,还在挖

6

所有向前的马蹄
折在禁池里

7

热度制造大缸
多鲜艳都腌成过冬的咸菜

8

诗人放飞一只鸟
用翅膀割掉高楼的愚昧

9

多年反抗一片羽毛
所以反抗越来越无力

二〇二二年一月七日

我在深谷有一群鸽子

我在深谷有一群鸽子
它们为我送出雪白
我在深谷有一园樱桃树
鸽子叫熟一颗一颗
我在深谷有一庄子乡亲
他们用樱桃木雕高高的戏曲门楣
他们善良得像小丑
以至于我把深谷镰刀藏起来
青草便一路疯长到月亮上
月光与镰刀照亮腊月

二〇二一年三月四日

春醒

七九八九,一朵朵窗花儿打开
我去穿行乡间
写下你年轻的牙齿
那些牙齿笑抵得上春归
春风渡口写满槐花、寄出倾城
扫雪。我在诗句里守呀守成乡绅
年年堆火神,不许叠瓦孤单
百万葵花开百万惆怅
攥紧你衣襟,一把扯进水渠柳
就想起踏霜数过冬青
蜃烟摇晃
只为你遇见
我修筑公路到清晨

二〇二〇年十一月六日

说哪算哪

南来北往
结成一所校园
全都因为摇晃的火车
连接另一些响亮的城市
它们沉迷于晨雾,居民楼,渡轮,钢厂
就是炼钢聚起人群深度
文化再寄于儿女奔向四方

比如北京成为向往
蓝岛,亮马桥
随便一扎就是京城风度
那年头头脑没二两想法
带些软糖和酥饼坐硬卧回去
一样有树有路砖砌楼房

高坐在小酒馆里
把自己泡制成酒仙、土地爷
二八了,五八

三五个七八个摇晃
把一条小街走得明晃晃、蹦擦擦
一个走了,两个走了
北京上海的房价和款爷不断刷故事
酒肉之后分类、消失
小世界里一结二结三结,一张坚固的网

去大世界里又显出小来
汉白玉栏杆前留过影
面孔昂扬,集中了很多想法
扑通一声
中年像石头落水

贼以为最贼
善良以为无以应付
但领到第二张脸时
便知晓隐秘的公道

没谁,淘淘边陲小街
馄饨稀饭油条,石头花布青菜
他们继续搭建木楼
你想唱你就是主唱
他们互相伴奏
不唱你就数一数
一宅一院地数过春节的门楣

二〇一八年七月二日

蓝山口

一声咕啾,蓝山口紫燕喧飞
湛蓝年份,苜蓿佻佻
只要我跨过一行蚂蚁
就要我跨过一坡田垄弯几波
水纹。便可相见于蓝调
可我躲在高树下

嵯峨披雪哦,蓝色火焰喊叫
蓝山口上花蜜散开光谱
穿透课本、图纸、合同许多年
最近一次,就差一缕炊烟
袅袅歌声中我们抵额相见,酩酊大醉

我不敢细腻地切开旅途
蓝山口已将霞光切成冰片儿
蓝山口石磨吱吱扭扭
把村庄、灯语、黎明磨成流水
把温婉手臂套上古典月光的翡镯

所有清澈的眼,灵巧的手,忠厚的器皿
都流向蓝山口,结成蓝宝石
从静默远白,蓝色街巷里。朵朵深夜
她们潜入流水,锁关漠朔
我靡日不思,挺立在干涸的河床中

       二〇一六年十二月六日

乡间

S形鸟叫,然后静落于谷子草
机井房远远扯紧正午日头
多情的农作物,让农夫劳累了
作状呼呼大睡,掩护瓜蛋儿偷偷长大
有一个闲人叫归来,摩挲墙根儿
忽儿他疯跑,野藤蔓追他,虫子追他
追进一小片李子林他低飞起来
衣物被一棵棵旧树扯掉滚入谷底再滚上坡
小河也起了风波跟随他游荡
不是风的味道,千百种
每吸一口便与天野交媾一次
他决定滚下去,让肠胃重新归位
不用去高高眺望了,都还在
羽毛样的轻蓝在天际缓缓飞语

还像以前一样,把光滑的石头和自己
泡在流水里就看到了一切
看不见的都是多余的
一只白山羊路过轻轻说了声
有一块石头是它的心,总也走不远
憨憨的老榆树装作没看见
一朵云情深了,扑通。赤身落水

       二〇二一年七月二十七日

诗人的灵感

四月如马套,解封三万里
黄四娘家溪水声
风笛鸣奏苏格兰,艾奥纳岛
一样斜阳抹过布达佩斯、基辅公国
吹一曲单簧管吧,吹敖德萨麦田长发
静谧摩星天,诗人崇拜烟囱与篱栅
将美妙身形置于他们的赎罪台
驱蜂群奔赴忘却的初夏
骤现阴阳割昏晓,如何决眦
轻轻的,轻入芙蓉塘,听轻雷
无我欲而赋千家山郭静朝晖
诗人以寄而入,临江楼,空观翠微
信宿渔人还泛泛,绝唱了

二〇二二年四月二十七日

如你相信一棵树
它便接天蔽日
布满你庭院

中国体育彩票

127

晓爱·流飞

端午节一起吃粽子

我想试做新粽子
就想起吐鲁番的葡萄晾房
让光线从四面漏进来
想到五色葡萄干
然后就一路想到伊犁,米肠子
粽糕的新配方有了
糯米、若羌小枣、五色葡萄干、无花果、燕麦
今早吃下一整盆
吃进大西北的沟壑、风沙、灼热、漠泉以及甜度

二〇二二年六月三日

脆、粹、碎

重金属掐着蛮腰脆
结构在玻璃上碎
液体纯语言纯,骗你是纯粹
谁的大厦谁在跳,谁的谁?
脆的醉,碎声锥
锥!脆粹碎!
血液一杯一杯地兑
哭着笑,一生的分量坠
满地光,刨地慌
熊心豹子胆在追
南斯拉夫的桥
萨拉热窝的表
年代把草丛哄了睡
英雄竟是草上飞

父母的铃铛放光明
我们的孩子归四方
四方之山，我们去认
四方之水，自濯自饮
谁的位子砸了谁的头
不知道，把酒换了继续醉

二〇一六年十月十三日

夏末,一帧

咯蛋,咯蛋
昂哼!昂哼!
柴草垛里捂着个太阳
东拉头一棵老榆树
和西拉头老杨树聊着麦子
两头驴子在麦场边发愁
聊到老祖先时起风了
泥土墙的影子抓紧亲着婆姨们
二十几户院子来来
不见人行。牛羊似蓬草

二〇一六年十一月二十六日

秦塬牛说想外婆了

秦塬牛说想家了
　　　　　　　　想妈妈和外婆
　　　　　　　此刻他是只倦鸟
在渭河岸边
　　　　　　　　　寻找炊烟
　　　　　　　外婆在树荫下
踮起脚尖
外孙在北京混得满脸胡茬
外婆的体温
　　　　　　　　　慢慢渗入石碾子
她与这片田野过于熟悉
召唤一声
　　　　　　　　树荫就笼罩了村庄
她还想再召唤一声
妈妈一边擦玻璃
　　　　　　一边望紧村头的外婆

　　　　　　二〇一六年八月二十四日

旷

毛绒绒的
一簇一簇的村庄
冬日一览无余
平原上

二〇一七年十一月九日

万物的倾诉

天
是你见到的部分
在每一个微渺的头顶

地
结晶,再结晶
色彩各自去往极致
源于诱惑

人类
带着使命来
终是地球的过客

猿猴
王储

风
忙碌于唤醒和带走

雷
不分管善恶
劈谁都是误伤
有人不安

山
藏过神仙和土匪
博大不只是包容
还有死亡

火
本为毁灭而生
但在尊重与贪婪间
随时变色

水
暂时统治了地球哲学界
示以柔弱

恐龙
曾经是最美的
美学变了

狮子
沦为被保护的酋长

豺狗
与体形不相称的凶狠
触犯众怒

虎
形象高大上
屠杀常被传为美谈

蛇
活着的绳索
请按规则践踏

老鼠
与兔子相比
获取食物的方式
决定了相貌

耕牛
地即天
无需抬头

鹰隼
早已知道地球是圆的
无法言说,所以盘旋

马
名垂青史的动物
流贵族的汗

驴子
被公认倔强，喊声大
不用脑子，卸磨杀之

乌龟
跑得太慢，
却有足够的时间

松树
是大山高歌时光的节奏

燕雀
人类会破译唧唧喳喳
重新评价我们

蚂蚁
一二三四
一二三四
谁有谁的世界

尘灰
一层一层
至最后的寂静

二〇一四年十一月二十日

囚徒的美意

江和雪睡了
光阴停顿
囚徒的困境
落纸黄昏
落叶和死去鸟儿
的尸体
在文字上扳倒
疆域苍茫
而我曾迷恋过的
弧光样的情感
化作纹理,荡入石巷
一段儿摇铃
借来朝夕铺呈流水雕琢

我与诗歌
去坚守被围困的死城
宁静的腰身、素净的短裙
所有擦肩而过的

香水、意盈
无数箭镞
让毒液兴奋
更多痕迹
是我们存在过
惊诧过的美
是土城游动的鱼

疼痛不再
入侵
羔羊迷途了
自由自在

　　　二〇一七年六月二十八日

柔至

柔的世界
　回避烈日
　将色彩揉进绿液
　　向上或者边缘
　　　柔的种子嵌入固执的思考
　　　无论你损失多少
　　只要爱与投入已植入水源
　　　有一天会引爆语言的疯魔
　　没有结局只有瑰美的路
如你相信一棵树
　它便接天蔽日
　　布满你庭院

轻轻地在所有辉响的背影下
　　　　　选择隐去
　　　　隐入熟悉的农作物
　　让抽泣刺入生长和骨髓
　　我们将收缩渴望
　　　　归于根
　　归于底处的亲密
放弃一些诱惑何不登临悬渊
　　　然后追忆站立村口
　　　　冰雪消融又冬意潇潇
　　　我们在时间的滑轮上坠落
　你的幽怨是一块沼泽地
　　　　征服者狂叫
　　　　　无智不归

　　　　二〇〇五年九月

雨在下

雨在下,卵石呼吸,韭菜园集体裸对
科索沃男孩飞快地奔向爱情

雨在下,菲奥娜公主说
一层童话世界涂染劳作世界
细雨把一切遥远哭泣

雨在下,旧梁一窝燕,另一朵
醒着,听雨,听思绪,听休止,听降临

雨在下,隔帘有意恰好,你可同驻
悄悄的石头,悄悄的莲花,噼啪嘀嗒

柴火与雨夜隔墙争论着
圆圆的梦境,在下,在下,在下

二〇二二年三月七日

冷坑

冷坑农场着迷
八千株茶油树东山坡着迷
六十株黄花梨树苗为三百年着迷
独一株楝树着迷

两小儿西池塘垂钓着迷
红土垒灶焖烧鸡着迷
敞院中油籽壳火堆着迷
山沟里一百头花牛着迷

想想日出东山坳坳
南坡屋窗桂花、七里香、栀子花、含笑
我在斗雨亭隔离,卸下装神灵的翅膀
卢庄主巡山、阅读早晨、捡到时间着迷

二〇二二年一月一日

尘上无瑕

瓦尔登湖
一篙下去
湖心开了
藏匿过秋冬的小舟
紧紧
陷入荡漾
任木质吮吸了山峦水影
天地瞬然收紧
只剩下云朵撑着
草木心跳急骤
弓弦已拉满宁静
颤抖传递至鱼群鸟兽，一瞬间
花儿开往天空
掩住大地的喉咙

再一篙
万鹿闪烁
云雾轻轻淹没高峡的臀

湖水禁不住
一小声尖叫

一枚红叶
秋光诱惑多少红叶
我只怜悯这一枚
取红屋顶的红
丹顶鹤的红
它表述久久长长的心底
我走近一步
它自燃了

晨光
我在古塔的尖顶上盘坐
掩面楼兰公主
从荒漠中旋腰而来
我收尽这晨晖
一层一层的旷野
献出泉水和绿洲
野性合围了晨
勒住我脖颈
让我说出美丽与死亡间的韵味

行者的心
行走是干渴与饥饿的深入
陌生的枪口
突然顶在腰眼上

我知道此时无劫可打
枪口说人留下,心往前奔跑
枪响了
蓝色的洞,我成为悬着的天涯
爱你全是透明的晶体堆成
有两个行者了,漂着
一个在天上,一个在地上
终于有一个知道
艳丽的心藏在哪里

雪山
吻你一下
我转身就走
我无法流淌你的融化
你纯于雪山
是太阳最光芒的眼色
我只在你夏天的南坡守着
守到野花开满山麓

听无声的

听,一只公鸡在柴草上喊出清澈

听,黎明轻轻扶起秧苗的脸蛋

听,冬花儿敲打远窗

听,故乡的脚印有人捡起

你在哪里,我听到哪里

美是有魂魄的

倾心低飞,爱恋涂染

二〇一六年八月十五日

观者

二〇一七年十一月十七日

慰藉了更多平淡的人

牡丹与芍药之争

写给木心

若,自可盛
如木星自转气旋
那么,头发也要落在
高门槛上

从鞋泥判断
你一脚春天一脚秋天
他们不过是泥
假如,当年你真去修了文渊阁

你没有世界
因为,知道装不下
轻拈几行文青
打动明眸致爱谁谁

时间总丰盛
一桥孤独也丰盛
我去旧巷子跟踪你
电灯点亮老家具

那张中央公园长椅
戴礼帽的木心等安妮公主度罗马假日
你发现了纽约
一种叫木心的目光

这都不够
要用你的坦然对抗伪装
醒在蒙昧人群里有罪
你就渺小着,不定义伟大,只定义灵魂
犹如你风雪夜闯文字,却是我画的

二〇二一年七月九日

祭冬

一坨污渍飞驰着
车窗外
任凭流逝荡荡
山峦线变蓝、变白、变红
一双眼迟钝
雪坨子、凄凄草
另一个年份
马莲根的风铺天盖地
骑上烈马
找到大漠孤烟的炉火

二〇二一年十一月十五日

精灵之舞

独树是精灵
站定在荒原的奔跑中
在荒原微不足道的时间上美去

冬夜雪是精灵
让孤独发出沙沙响
让一份等待隐秘而洁白

接近死亡现场的唤醒是精灵
在另一个世界任意折叠
任意时间、距离和怀念

你是精灵
因为你我才抓住了我
你是独树,你是冬夜安静的雪
你是时刻间的距离

二〇一七年十月十六日

大明湖日

大明湖
烟唇子曰
济南府的腰
在小拱桥上
我隔了杨柳观羞涩
她慢咬鹅黄月
鹅黄月慢咬岱宗七千阶
我唯仰三丈柳垂绦
三尺三
山东秀才嵌入碑林
昨夜泰山道，青年男女正登临
洪东感慨脚印太轻
我又何曾来过
如我与长史匆匆矫柱
一个又一个错误后
只等厚雪掩去
谁掘此鸿沟
合上书卷中的我

仍去偷大明湖上的桥
桥腰一声叫
一声婀娜入残荷
楼宇间也应了几声

二〇二〇年十二月五日

六点，沈家门

咣当呱唧咔拉
座钟挂钟吊钟齐鸣
三下五除二
蹬起轻衣快履
擦牙擦脸听出埃及记
把一品红浇上墙头
把装备挂满自行车
卡门，卡门
极盗车神出街
换个姿势
蜻蜓摆柳
蜘蛛侠滑过窗户
他们还睡在我的香甜设定中
七拐八扭巷子下山
熟悉如衣织如思路
邻居们昨晚集体洗净墙壁
倒挂金钟君子兰勿忘我
摆上窗台露台或一截松木板

咸鱼海风酸笋米粉罗列
剪头店录像厅蜂窝煤炉子
阿婆佝腰三平方菜地
我在密麻麻的电线上听音
忽高忽低找到平静
生活如此巧妙
如我的长句短句
总把持不住，情绪过了头
来昂来昂
多余的我们
风一样

二〇二〇年八月十七日

庄户女人

捶呀苞谷
扯长呀吊瓜
四方呀呀呀兔藏
告谁呀茫茫白白

午睡吧高坡上杨树下
安然吧三棵树分封了窗前
一夏天来水渠渠草
落日哇点灯

出了绿秧秧不知累啰
公路有多远
多远也不过是
一豆荚一豆荚挂过去

满园园驾
你秋蒿深深我霜浅浅
一树酸果果减去我
夜旧水塘老

二〇一八年七月十三日

冬晨

冬晨如钟
冬晨如旁白
冬晨如低飞
冬晨如想见
冬晨如五百年后
沙粒凝聚
我们在文字中偶尔亲切遇害
冬晨嗯了一声
一团一团的守乡人
红扑扑的

二〇二〇年十二月十九日

眼神的

还有眼睛
湛蓝色，葡萄色，雪水般的
桃花眼，茉莉花眼
那一眼染了书香的湖泊
曾无助时，凝视耕牛的眼，骏马的眼，骆驼的眼

二〇二一年四月十日

描述

祈求桃木
镇扼伪善与阴暗
他们已然深入
坚硬附体
以铁器虚张声势
一遍遍传檄

落单的
饥渴的
恐惧的
消失在无以回报活着的短暂
卑微于影像

诸如柴草
投入宏大的燃烧
飞虫多余
观者多余
爱与语言多余
如果描述
存在于不存在

二〇一八年四月六日

一排杨树

一排杨树站着
无法阻挡冬天
父亲也站着
我们隔着些呼呼寒风
隔着汽车玻璃
几只活在故乡的麻雀
落在父亲脚下
我隔着玻璃和父亲交换语言
父亲的声音惊到麻雀
呼啦,飞走了
只剩下父亲,我出发了

一排杨树跪着
连上根他们是跪着的
他们很早就认识父亲
也深知冬天
我提起了车速
他们像一个硬壳脱落了

二〇一六年二月十八日

赤褐如瞳,我画一条地平线

我甘愿
被荷花的风吹倒
像佛语般
倾泻金刚杵的宁静

信徒的信徒
追随着光的般若,越过金顶
我脖颈悠长
幻若烟塔

群山披挂,夜语黑甲
森林因爱慕而欢愉
它们已交付笃定
轻轻地,蹲在我身旁
此时冬的灯火凝固了路途

都在等候旨令
天明之前,它们又将
驮着母亲的信件
把横亘着的
呼黑呼黑的野树林穿透

思念
在经年的描绘中
已化作柔柔的油彩

我拖起春犁
画一条地平线,赤褐如瞳
一条纱带一样的云线
一抹高原红
一抹秋水蓝

二〇一七年四月三日

无我，无尽，我的旅途

我字句不俏风月
绕过我，绕过绿苔墙
意驱曲折三万里
四脚蛇登基流沙国
暴风雪和骆驼互为情场

模仿它们，我躲过一些宗教用语
从纠缠写进彷徨
享受迷路后的葳蕤美幻
口舌斑斓呈现如珊瑚

身旁多落地阿修罗
摔碎之情节放大为尽节
蠕动不止于悲伤
每一次探刺
总会有几声求索回响
锤击贫乏生节奏
利益交割中

真士须如勇士
相信刺来之剑生芬芳
我将失真漆入黑的雨夜
如此我们以相似语态
交换贫瘠而悠长的美感

譬如
君住长江头,我住长江尾

二〇一八年九月十一日

雷声里

我躺着听雷声
从五点到七点
父亲在雷声里
在南边农场、牧场、路途中
无论多早
我同他一起欢喜着
焦灼的烟卷与干雷对抗
雨滴终于打进他深深的沟壕
打雷时,父亲就在
杏花村雨也在,砾风也在
我跑进父亲的雷声里大声诵读
我们在雷声下相见,一同扶起秧苗
如今我接管了雷声
却失去在土地上劳作,期待
我的孩子如何听得到雷声

二〇二二年六月十九日

鼓东东

鼓东东,明堂堂天野撒一网
鼓西西,月亮扑闪脚后跟
铃铛追铃铛,花花压沙沙
饱汉子一去不回头
弯弯套弯弯,黄羊绕狼山
沟沟上望山水确呢
信马信驴信骆驼羔羔
王母娘娘刮黄风
七仙女穆桂英南墙北墙熬灯灯
柴火棒棒沙竹杆杆
南傍个谷雨草一坑一坑

二〇二一年四月二十日

轻轻的

时间的样子
可以描述出来
比如你在哪里醒来

然后,老地方
冰湖穿越而来
在一枝芦苇秆上滑行

你追赶着
一些声音和简单的巷子摩擦
直到孩童跑进春天
跑进夏天
跑进秋天

最终你用尽许多年
希望醒在
原来的样子里
比如大雪覆盖时
就听得到

二〇一八年六月三十日

陌城

我潜入陌城
独自寻宿斟酒邀四座惊诧
并扶阶登临高台
一片灯火巷篱多少春秋
我不在其中
他们煎爱炒苦酒歌交欢
一直隐于一个地图小圈
我隐作一个陌路行人
那些开关的门不断深入故事
此时泪须成行灼灼我见

早早推门把自己混入街头
得见方言蜂簇的黄石
听不懂的翘音火辣辣的快
慈湖卧居半城以消其火

这是他们的宿命
我可以带走两个莲蓬
他们仍旧世代取饮长江
盛产白皙女子

其余和许多城镇一般
在暂居中等待
不会修一幢幢世代石屋
但他们仍会背一座城离别
拖一箱惊扰归来
长江边仍有人种方块小田

要走了留点什么吧
几句潜意的赞美
留在小食店和酒店前台
她们接纳了镜子般笑出真诚
我带走这一点微漾

二〇一三年九月二十七日

与老阿姨聊一生

傍晚空了,医院大厅长椅,窗外屋脊
我,眉目慈顺的老阿姨
阿姨今年高寿?气色不错
其实看得出她除了骨架都很弱
八十二了,两个月莫名其妙掉去二十斤
她指着一沓查不出原因的胶片

听口音江苏人,怎么来到了西北
苏北人,六〇年他支宁先来
什么工作,煤矿职工,我咯噔一下
您从事什么工作
盐城我是有正式工作的
十六参加工作,三十几出来让兄弟接了班
转来这边一直不认我的城市户
两边跑跑嘛好几年,才吃上二十八斤供应粮

石炭井镇上葡萄架小院子
进进出出一位勤俭望巷口的妇女

为何把工作让给了兄弟
十三岁上母亲去世，我抚养兄弟长大

您好伟大，孩子很优秀吧
儿子医科大学毕业在省医院

还有个女儿吗，这就等女儿出来
她在试验一台美国设备
女儿从兰州军区后勤退役
女儿复员银川我们跟着来自己买了房子
那年窗明几净，俩孩子顶着暑热用功

我想继续问问再下一代传递
孙子从上海医科大学毕业在附近医院
老人想了一会抱怨自己记性不好
我猜想有个外孙女比较完美，果然是
外孙女西南政法研究生，做了律师

那您老伴今年高寿？我猜测是遗像
八十七了，一点毛病没有，退休金四千八
这个幸福的老头一定在家养花等晚饭

孙子孙女您都带过吗？这是句必需的废话
阿姨笑笑，每个都亲自带大的

您后来一直没工作吗
有的，居委会，养老金自己买

还经常回盐城看看吗？火车大包小包
前几年回的，现在那边没什么人了
兄弟的后来我不敢再问

病区门开了，女儿笑盈盈走出来
妈妈，如如开车来接咱俩了
然后朝我笑笑，有人陪她聊天好啊
其实是阿姨的故事陪我聊过空荡荡

二〇二一年七月二十八日

我将我挂在仙人掌上
让干渴找到最远的水分

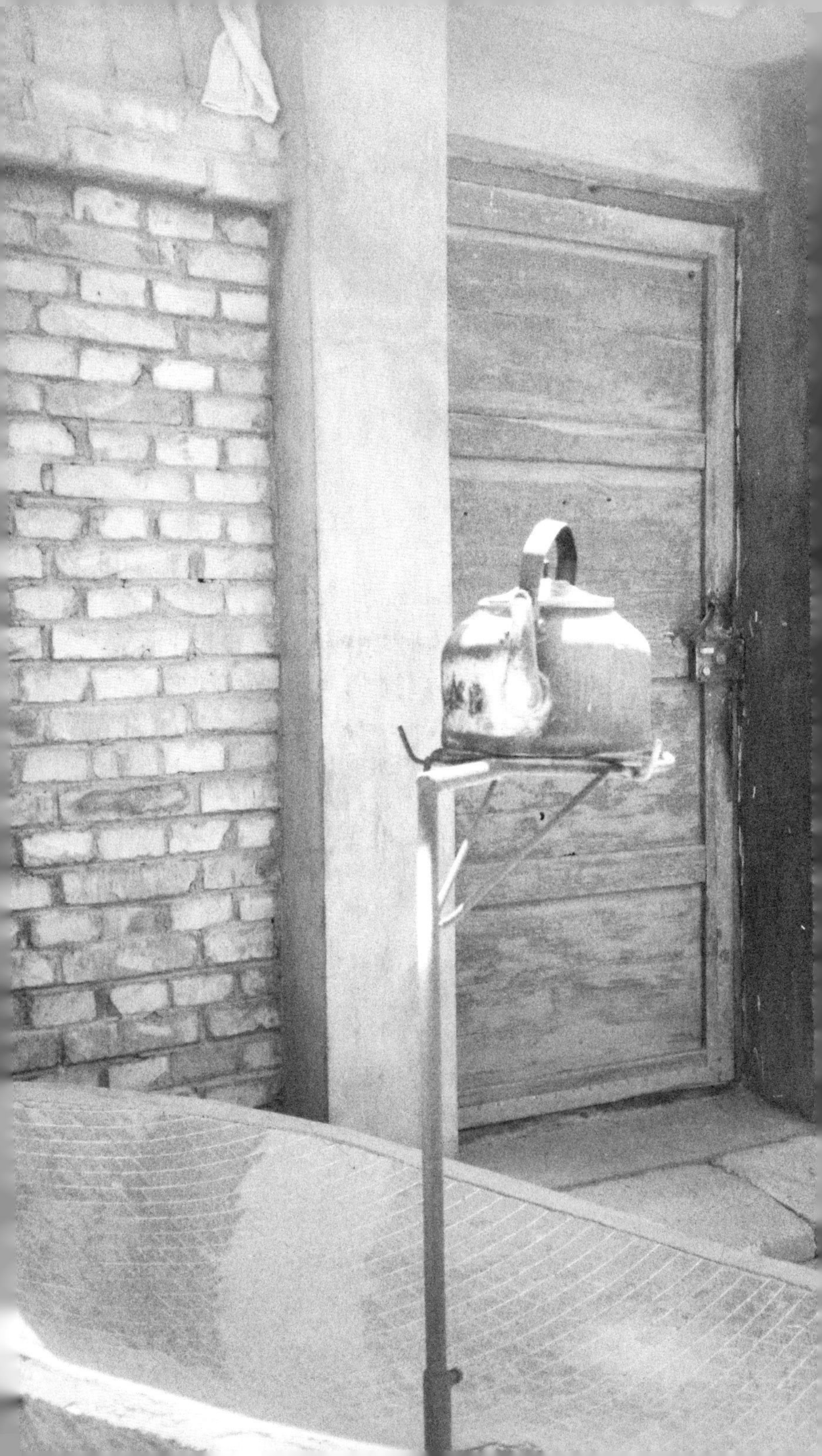

181

醒河・蛰行

贫穷的夜

深夜,圣殿上衣衫褴褛
白天码垛光鲜,然而捆着
无法抵达今夜,今夜悚寒
我翻找文字里的棉絮
尖锐刺出,痛至桌椅
花瓶痛裂,花疼痛,月窗疼痛

今夜,忽然想念冬青树
想听踏霜声,把脚板冻硬
把万卷铺作银车辙
今夜,把轻蔑者的轻蔑
涂蜡封存,以资烛照
他们的施舍
只是些更好的排泄

今夜,让乌鸦掩护漆黑
让海子小声哭出德令哈
我蹀蹀接近库切悲戚过的伪装

二〇一五年二月二十七日

缺水的日子

城里啊,一片干燥声
缺水,缺水声
水已码垛、包装、整容、掺进塑型剂
从乡间划来的船篙
明显脱水,水与人相互试毒
那年,喊水
喊一声阿哥阿妹
水声涌桥洞
浣衣声挽桨,水与水相亲,偷偷看

二〇一七年三月二日

故事的开始

1

寒气挂上绞架
车站的灰漆灯独撑住小镇
白炽灯小屋糊满画报
谁的魇冬

2

一早开车出城
昆仑山云云绕绕
此时是飞
草地向朝霞投射出去
他在旧银幕上远行

3

三天了,黄风停不下来
这种响声在长大
扯面,扯饥饿的五谷

一条摔倒的石碾子
在村里滚来滚去

4
我出生之前和太阳诞生之前
我死亡和太阳消亡之后
世间并未静悄悄
炉筒冰凉,看着满墙遗像的我
想得比恒星更长

5
路途恍惚
旅行还是逃亡
有意义的犯罪是个诀
为藏匿而兴奋
在陌生河边生起烟火
等候另一个逃亡者

6
公元元年附近
他做了一个革新梦
距离古罗马只差一次航行
然后一层一层齐整的王朝
压在一本纂册上

7

每天叫作上班
盘算与四堵墙的关系
十年后，惊觉
可以为一个盘算活下去
然而他放弃了盘算

8

一屋的人都不开口
这是潜规则
后来又七嘴八舌
分马分骡子分屁分赃
最不讲理占了理

9

来听口令，音乐
争夺口令
音乐隶属推车、伐檀
来吧，低矮音符

10

证明石头是本书
一加一等于三，所以
任意行走都可到达一本书
如有谎言，请参照公理
石头是一本书

11
良驹奔腾
骨头却煮在锅里
你堆柴薪,添佐料
把自己炖熟

12
其实是幸福的
只要假设掉一半世界
更多时,假设只剩自己
一些人得到更深的哲学
假设自己不存在

13
板板的,成都的
把生活烫成小丸子
没有那么多帝王将相的板凳
宽窄巷子里风流一下下(ha)

14
那些个君臣父子纲
割了头在腰上,割了脚在脚印上
你远走几万里
回头,就在你小小的狡诈里

15

盖房子盖房子盖房子盖房子
眼睛上蝴蝶上河流上腰杆子上
修坟修坟修坟修坟
我的我的我的

二〇一七年二月八日

被定义的童话

公路上三只羊王
高度确定了,温和限高

三只公羊自走自路
方向由睾丸激素指引

三只牧羊犬咬在一起
草原被集中到犬牙

三个牧羊人看到羊、羊肉和羔子
都以为看法是送给别人的

每一天将欲望与克制写作美好
注释,羊和狗忽略不计

二〇一七年十月二十四日

够了,杯子

够了,杯子
色彩溢出,腐蚀
够了,玻璃
煊耀至清脆
够了,形状
无形被八方围困,被遗忘
够了,透明
光线真实,但标签是假的
够了,无处不在
轻易握住和轻易倾倒
杯虽满,碎得手心绝望
病态占有杯子
够了

二〇一五年五月十四日

晓霞走了

让洪水冲走晓霞
就安慰了一个时代
一个追求纯洁理想的
作最后挣扎的年代
喜欢让火焰燃烧黑的夜的年代
让爱情开出绝然小白花
让爱情充当野马挣脱在山崖上
他们信仰绿油油的精神草原
曾美好地,纯粹地对视
甚至他们隐约知觉暴风雨
会滚滚而来,这股力量一直横亘
当仙的白羽拯救地下黑炭时
现实无路可走,只好以洪水遮蔽
让晓霞和我们青春的印记
一同卷入洪水,没有死亡的肉体
那是一个梦,不曾来过,或者一瞬

少平的悲怆，才是死亡过程
是世俗的觉醒，是长久的
平淡的埋葬，生活是那一锹一锹的泥土
不，不该用哭泣表达，不该用幻觉
我知道晓霞要逝去，但我让少平去迎
我设想过他在这场戏里昏厥
让我们老去的折磨忽然溃塌的昏厥
没有出现，只有理性的砍断死结的救赎
我替少平灌醉了自己，进入拥挤的过往
那小白花只能是浪花，不是波涛

     二〇一五年三月二十四日

原本

白垩纪来到最后一夜
喜马拉雅跃起青芒
未来流入我的那一缕
正在恐龙体内惴惴不安
恐龙倒在银杏树下,疼痛觉悟
却如恒水退走

天体飞行如花蕊用亿年打开
亿万银河吹亿万种呼呼风声

我们擦亮小小河谷
濯洗啊濯洗恐惧胜出
总有一厘
源于恐龙的形态、情绪或所见

延续恐龙我是一堆记忆
未来也是记忆
飞行着新的水源写入源代码

诗歌是终极发射架
诗人终将在光明之外点睛

新人类美神驭驾生殖力
星系驿站天街泱泱
人类也只是驿站、传书者
智慧向多维异构
任意存在条件可能消亡
亿万次逻辑代谢
解除光年
亿光年轻轻绕过到达一词

智慧化若云缕宇宙无限连接
超智能激活新的生命能量
生命不再是具象的肉体、碳水物
譬如太阳系是某体的一个细胞
繁殖欲望再也无法控制引爆
另一个暗宇宙被点亮

月光宝盒也是有的
穿越咒语也将会发现
所有想象或源于记忆唤醒
湖边的甜蜜一吻
或者恰好，就唤醒了宇宙

后智类发射一粒种子
种子成为生命智慧攀援世外的世外
回到星球之初
我们是自己的造物主

二〇一七年二月二十四日

浑局

我与你生来彷徨
又坐在了棋局的两端
我退象，你走牛
我退仕，你还走牛
我迷惘且怜悯，退帅
你却拱来一群猪
我起身离去

二〇一六年三月四日

写作,我才看得见

我写下,活着的部分
他们被我写入死亡
然后我与一群骷髅交易
用一群人交换另一群人
如果否定我就倾斜45度
45度是我们惯用的倾倒哲学

我写下,被欺骗的部分
这些渲染一点就着,火焰好看
真实在银矿已被瓜分
关于银矿,是一些山头
月亮爬上来
许多人沉下去

二〇一七年二月二十八日

白花花的

白花花的
大腿,身子
白花花的
官银,库银,衙门大街

白花花的
堆满学术的废纸
白花花的
盐碱,把阳光拧得越来越干

白花花的
泛光屋顶,把天色挡了回去
白花花的
雪豹守着的雪水,被拐走了
在赵庄李村的化学河沟里
尸体一样躺着

白花花的,那年
城里的白炽灯头一回照在五斗柜上
白花花的
发丝,悄悄给坟头上扎满白花

      二〇一六年八月十一日

秋崖

秋崖北行,岁月站立着
独孤石柱收紧向往
最美的表白折作白鸽
你风声远行
我化魂于深谷
我抱紧你婀娜有力的腰肢

秋崖上
你的眼眸飞来荡去
我的根几欲拔泥而出
生命不只是躯干
是我见到你,你旷远的恋情
是我听到的想象到的秋水流

我在秋崖上望成秋雨
追赶你，化流云，化山峦
我占据清晨密林，荒漠星群
你畅游其间，我便出神入化
我终于跪倒在厚叶秋光里
你到底去往何处？我的神祇

　　　　　　　二〇一六年八月七日

我的苦役

我将我挂在仙人掌上
让干渴找到最远的水分

我将我流放在一七九三年
在逃亡路上选择孤途

我将我置身于一个苦役犯
十九年后去偷那些救赎的银器

今天将我沉入六十七米水深
替重庆司机、巨婴和乘客们重新选择

二〇一八年十一月三日

斑马线上的乳房

红灯亮着
一个胸部过大的女子
昂然挺进斑马线
那么危险
她挺了过去

一个拾荒人
也挺进斑马线
一车有气味的垃圾
拉低羞耻
他有些炫耀
染上霉斑的蛮横

不断有人涌进来
斑马线被踩碎
更大的地域变成斑马线
我们踩着线长大
踩着线通过了各种路口

二〇一六年八月二十七日

肩胛骨上的月亮

肩胛骨上的月亮
追你到龙潭
匕首般
雪亮聆听爱语
旦夕夺心

一只甲壳小虫
爬过它的千山万水
从家园到家园
一支无名绒草爱上踪迹

伶仃腰肢,旋转今月今生的
旋转。流连花事鼓舞
一滴泪千里沙
向涌泉

月光与曲折争净白
流光刻下雪色约定
难更改

莫奈惋惜着睡莲
那悠悠邮车的时代
无法退回,而此时
月亮与肩胛骨互相描述着

二〇一八年十二月一日

永恒的极致,瞬间

蜻蜓停顿时光
的片刻
摩崖孑立
青年磨砺
进入一盆学院兰草
兰草拔出古铜剑
刻舟处
三千断肠轻轻轮回
昆虫决心活着
庞大无处藏
以光晕遮蔽虚妄
一只苍蝇闯进大厦
将自己定义为比大厦更会飞行
空荡荡,生长凡高
勒紧色彩至寂静的喉骨
当须切下一段情
投进褐色储罐

痛由此生，泯灭由此生
不觉悟，比觉悟更为善良
无需阅读寒冷比炉火多多少
因为盛满心尖的
是一刹那，一刹那
其余时间落入唇语
其余情节陌生于灰静的烟囱

二〇一七年十二月二十二日

渡夜

我在煞夜梦游星星看见了还有门卫惊诧的黑眼仁
没有看表或者两三点湿气阴郁扼住我历史的脖颈
一个或两个小时我和坟场野魂一番交流埋了好多
秘密
我光脚蹚入松软的泥土触觉到虫子和扎根的草
精灵小蛇缠绕了脚趾它们都在测量与我的距离以
置放它们的梦
没有深夜里要到达的目标但清醒闯过连营去送信
这样我就想起某位印象派大师玄妙的线条不远处
有个污点
大师的画总是空着偌大的草纸等一滴浓墨随地气
渗开
大师的黄指甲将伏倒的发丝捋高一些穿透房顶
晚霞的羽毛嗅醉巢穴进入下一次孕育
看上去最自由最疏狂莫过于这近于痴癫的轻描淡写
我蹑脚跨上了其中一根原来是魔豆的万仞老藤伸往
云外找故事

夜游没有理性就是说我还不会转身折返潺潺水声
就是方向
大师一声吐纳山涧里雾瘴翻动似是驱赶轻薄者
三百年后我倒骑驴子独行霜叶红遍找寻你们真实的
呼唤
我发丝如仙缠绕脱水的那滴浓墨万里皆归入森林
晨雾如漭赶早集的茄子土豆青菜仍要一路小跑把
卑贱照亮
看表刷牙抹脸用墨镜遮了红丝眼夺门而去
前天的人情昨天的预约将要发生的谎言我塞满一
提包
却不能塞得下一支笔我也满足着笑了只是活个形状
穿出巷子前——与阿公阿婆们问早摸摸几个小娃的
头顶
大师是谁我不认识轻蔑一笑间老成持重地盘算了
今天
今天仍然路过浓盖宗祠的大榕树门敞着无法靠近

二〇〇九年一月

江舟

让烟雨吞没背影
凤烟里,五津葱葱
城阙琵琶已甘碎夜露
绫绡满城,雨打窗台
弃城,江山逍遥客
江州司马换件青衫
继续湿人间,江浸月
别离才尽弦妙处

入耳捣衣声,寒钟晚
那渔火悬桥是绝处
但须滟滟随波,处处明月摇江树
楚山夜失,一身寒衣入吴苏
一声猿啼还江陵
蜀江碧,曾经万里送舟亭
初见月,初照人

二〇二〇年三月八日

遥远

星夜
游蛇般的星夜
群山起立
猛兽伏倒
夜太魅
痴心不能送达玫瑰

我将我送上您的祭台
等候着
以高贵而雪亮的吻裁决
像泥土
唤醒种子的舌抵
即使您
垂下一颗颗诱饵
我已心向闪烁,宁愿
更大的海
一万年沉入海底

微曦搂着
苍原起伏
一切，被一夜抚摸
仿佛少女
用指尖掠走雄心
此刻听见
鼓胀的葡萄在歌唱
衣袍在飞
留下我的赤裸在岩石上爬行
冰凉的松风啄我
我渐渐苏醒于
爱神曾降临人们聚集的树下

一夜山谷
已噙满雾水，宛若莲初
是哪个诡异星座
将我引上峰巅
薄云宁光中你竟迎面而来
孤心望
传来笃静钟声的方向
你舍出胴体
托起人类迷茫的线条
在麦熟中倒下
在醇风里大醉

推开栅栏
让原野香流淌进来
水草也动情
那时光，蝴蝶记起

我飞奔下山，任棘藜抽打
一切将瞬息消亡
呼啸声乍起
野草饮饱血液，更野了
狞妄或雄壮
仿佛火山与火山灰
余留悲怆
大地慢慢嚼碎
神界啊
我猜不透您褐色的仁慈
您以赞美选择了我
却似将我遗弃

二〇一五年十一月六日
听《曼弗雷德交响曲》后作

寒花

冬天里
我想起沙雅男孩艾萨
他拾起雪花、冰花、岩石花
还有卧床母亲的头巾花
他从未到过南方
冬天就是大地空悬
一排树冲锋在大雾中
今天早上
他又躲进柴草垛里嚎哭
寒风吹响他的肺

二〇二〇年十一月二十三日
观纪录片《第一次的别离》后作

又吹北风

年根儿
借一座北方小城
借道以远
城外深冬清净
冰凌前视若无物
我却小心踩踏、接触
童年、少年、归来
他们叠罗边界
吸一口郊寒
数数年岁缝隙
又一幅年画
烟气拂绕
窗台和母亲焕发
此刻我面前一丛野草
它们年年枯卓同样
墙的影子，将倒未倒
小城流失中
我第一次来，也许不再来

天冷得只剩阳光
总有人永远离不开
夜如隧道
过路火车几声啊唷
柔柔推开星群、路灯
分离了睡不着和睡熟的

    二〇二一年一月十日

我的撞击

你就是我模样
比如黑夜，一只硕大的燕子
时间绕紧陀螺，给了矿灯孤独
灯无法避开，撞上青衣滑落
泼出色浆，去遇见画布
我与你对视对决，并非刚才
是鉴伤春秋摔倒过死亡
墓穴里才骨头换骨头，断不舍
她轻拎一粒米挑选繁城，因而性感
性感觉醒能量，高于泥土让麦苗锐利
我将每次触碰都视作命运大纛
所以幻觉兑现，雪是你们刻意下的
乘着纷飞掩护，你们躲进秘密
而我受伤精变，变一棵异树
目标是鸟巢与蘑菇，果实随性而诱惑

二〇一五年九月二十六日

高过秋藤

高过秋藤,也高过藩篱
高过船舱、米仓、屋檐、一场雨雪
高过偷窃、伤害、播种仇恨
高过一生功名写成几行小楷时月光惨白
再高于昏鸦、苍天、君王、年兄门生
却低至白露兼葭、莲动竹喧
低至水底清澈、根泥清晰、一寸光阴明白
低于天赋、公道、契约、别人纸锁
低于月光曲、广陵散、洛神赋、天问、呐喊
低于爱情、爱美妙、爱真知、爱人间言语
高处行走的自我低过窗格、尊严、良知
我在低洼同饮一水,同行于未知
乡间一箪食,一壶酒,皆高于其冬雪春芽
而音色无尽

二〇一九年九月十九日

沙尘暴,偷袭

乌艳艳
黄沙忽如御林军
凤凰台上轻佻
北国一场又一场
悠然笑苻坚、笑姚苌
前秦后秦
再吹塞北霜
长空凭孤雁,舍寒
别凉州别瓜州
李陵碑下史稿深又浅

二〇二一年三月十六日

梦回川西

雅砻江往北翻一页
江中全是美人鱼好看的眼睛
她们被贡嘎山的雪装扮过
我们驾晨风而低掠
异乡的野山果支棱着欲望
找到了那条山歌小路
曾唱得游侠性起
今天一群奔走的咩咩
石头路婉转送我到大寨小寨
喊竹箐呷酒呛酒筒裙摇晃
喊我的石头心你留不留得住
我带你喜喜洒洒盘山绕
绕过夏场绕过秋寨。到达茶马镇
在那个叫作打箭炉或者江孜的妙藏处
我却找不到你了
而我只想在这里找到你

二〇二一年六月五日

与苹果的对视

无所事事的早晨
有一窗的阳光照进来
没有风有鸟在叫
我和一只苹果的对视开始了

她一定有什么想法
她一定有个很创意的表达
她说法语或意大利语
我没听懂她继续在说
今天的光线清晰
适合切割剖析透视

苹果专注地盯着我
看我眼睛里有多少根画笔
看她娇嫩的身段
将送往什么样的兽牙
解剖者的矫健或颓败
将决定她的价值

这样与她注目时
我能感觉到生命里还有多少激情
如同最寒冷的冬天有多少树还活着
一只苹果安静了整个上午整间屋子
我的心脏已在那红皮里律动
我的眼睛在抽紧的色泽上张开

遥远遥远的北方
果树们萎缩在腊月里
它最优秀的孩子
正在餐盘里作最后表述
我眨了眨眼
仙人指路一剑刺穿
苹果的灵魂看破了我
扬长而去

二〇〇一年十二月一日

传递

驮着一个地名去拴在另一个地名上
继续驮走,渗血的脊背,插翅
一块块深刻故乡的碑,驴子
比如从内蒙落户广东籍贯甘肃老祖先在南京
这一路荒凉挑灯盏盏孤灭
卑微而坚硬的壳,为保存一丝肉质
穿过狭长一代代贝壳敲打出口
食物里裹着继续等待
老石头等待雀燕,死亡等待唤醒
在滑稽认知上具形,假如一幢多年的房子
沿着公路,来来回回积攒情怀
昨日又碑文插翅,千山尽,影子远行
一段火车开满冬日,家家炉火
崇拜火光、煤炭、烤馒头、年关上焰花

二〇二一年七月二十九日

山下小镇祭奠夜

守灵人散去
山窝子像一口老牙
星星聚围着小镇后半夜烤火
一只狗忽然狂叫
它提起我的骨头
跑进别人梦里
天色唯有狗
喊叫一声比一声急
狗也许看了天空
被一颗伤痕星唤醒
一颗它以前寄居的星球发出哀叹声
我终于醒了,它还叫个不停
目标不是我,继续睡
我醒着它回不到梦里
以为守夜的狗
多余了

二〇二一年八月十二日

秋逷

过围栏
我墨点飒秋
风还在
几朵年轻的云
在水洼里嬉戏色彩
那是我还有父亲、祖父

我只是静立一幅字中
几笔书法忽而静伏忽而高踞
屈尊里又不可一世
柳深塘，竹笛空
江湖之远，忘记是一笔债
相互欠着，久了
就是一缕风烟醉人
笔墨落入深居
冬，安坐

二〇二一年八月二十九日

逃离一些场景

历史感冒,浑身不扛一缕
文字却风雪通透
明天鸟国阔静
徐徐落入我观

时间与位置消失
天气很旧很旧
我是那沉默门房
隔了玻璃看夜行人泥
烛火舔风雪
留下高高古塔和月光炯亮

他们坚韧于细节
努力将爱恋刻进消亡
旅行仿佛逃脱的蛛丝马迹
以江河山川掩盖身份

建文帝从墙角逃遁
才真切触摸到帝国砖缝

是沮丧中尉海明威
一路逃出战争泥泞,潜逃至苏黎世
却绝望于凯瑟琳死在分娩床上

是一九一〇年无数革命青年
匆匆把身体码垛阵地
一包包沙土打穿了

我急忙吹灭灯
他们都那么危险
夜影里,一圈羊熬寒冬
一群帝王将相终于卧在一起
讨论亡羊补牢,以及
错过了另一种方式与风雪相遇

二〇二〇年十二月十五日

那年道县

寒假前一切未知
换车北京、保定、衡阳、冷水滩
夜影新鲜水灵
一路抢火车
就快到了
拥挤的班车在双牌镇集市小停
扑面箩筐挑担子热包子
然后盘山路，盘山路
进入更多小人物的生命场景
他们欢情摩擦芋头凉粉、堆柑橘
我高居半山观察
半山上药材公司家属小院
举过四五碗甜米酒后挺在竹椅上
醉听音，古县城娓娓叙叙
山间的寇公庙仍倔强
我去沧浪亭对望以为沾染潇江神韵
照一张扬起头并且不屑的相
却听江水浮萍伤感来

书作筹,幻想作台场,我作傻子
继续醉米酒
想起这是深冬,北方白毛封
恍惚,冰凌与水墨纷争
时间乱序,道县鞭炮叭叭了一夜
又不知从哪随意捡一把弯刃
渐渐削平了半生

二〇二一年七月二十三日

大师的旅途

大师重新定义三岔路口
一件一件
剥落衣物的围困
每一件源自绝望者之自觉
一同袒露枯萎的雄壮
引诱穿梭与撞击
被任何飞驰、漂荡、流浪撞飞
包括一片落叶
落叶上沾染眼神
大师的现场比谁都陷入更深
深的回音化去漂浮,我们
塌陷但知觉
引诱我们捐出重叠时光
一些女子美妙于重叠
为大师描述的黑衣人而眷恋

二〇二〇年四月十八日

我们都在找

我们都没有找到预设
相互抱怨,富有而凌乱
你找不到我,除非你也失声了
或者失身于丑陋的规则
我们制造肠紊乱,居住在肠子里
蹄坑上争取生命的蚂蚁
即使你是举起蹄子的
荒芜会绝望你
除非你脑壳盛满影子
没有一点思考余量

二〇二二年六月五日

期待

每年冰河静卧
我们都匍匐期待
从伊比利亚、亚平宁、巴尔干
到绿食、白食、黑食
到长安
谁将先觉

二〇二一年十二月三十一日

青山图

我在青山下拾粪
青山很远
仿佛一道美丽屏障
我因此而拾粪
快乐,于荒漠中听响声
来自青山艳光下花朵的隆隆声
牛粪、羊粪、骆驼粪
除我们外,这里活着的踪迹
我在青山下日复一日
猜想着从未到达的茂盛

二〇二二年一月二十四日

无题

其实你看见了
只是你不想看见
只是你不知道你不想看见
看不见已成为眼睛
其实你就在
你错过的那一站

二〇二二年二月二十日

愿我们相信世界最终法则是善

瞄准

今天被明天瞄准

昨天已经瞄准

每一个能夺取欲望的心脏

被"暮光"狙击枪瞄准

被艾布拉姆斯主战坦克瞄准

被深海潜艇瞄准

被2000万吨当量导弹瞄准

蓝色星球被1.34万颗核弹瞄准

我们被自己膨胀的欲望瞄准

一枚炮弹

涂上正义的铜

涂上士兵的残肢

涂上母亲的碎肝脏

落进睡梦

花瓶、餐桌、晨光溅出窗外

麦田上一个黑洞炸出祖祖父

和他骄傲又荒唐的界桩
去击中一枚铁勋章

永恒的美,最终的善
我递予你旅途一杯水
你标记了甘泉
从此我日夜辛劳买水
我的孩子们在机枪火力下掘井
枪声溶入水中,成为记忆
你浇灌的玫瑰警惕着
从此我们要炸毁对方的河流

二〇二二年三月四日

擦玻璃

我一边思考哲学一边擦玻璃
把哲学擦成玻璃
于这个时代
我唯有几块玻璃

每年腊月
父母、乡邻隆重地擦拭玻璃
几小块玻璃
他们擦拭的神情像收割麦田

我一字一行,慢慢擦
时而停顿、穿越、修正
进入玻璃的世界
它们假设了无数方格,无数等待

我擦亮一块玻璃
许多家玻璃明亮了
我错过多次亲自擦拭
也就错过多次与他们的沟通

玻璃绷紧脸面，我竭尽全力
一些结构断裂的声音
它们悄悄隐藏起来
如若我与遥远的父母互相擦拭
快过年了，我们清晰地看着

千里、万里，是一面玻璃
人群、民族、国家有一面玻璃
一草有一面水做的玻璃
一厘土有一面昆虫的玻璃

我已然擦好四扇大玻璃窗
让书橱洁净呈上冬天
一篇一章，重新端坐在桌前

二〇一七年一月九日

我想我是飞着的

我总是飞着
把现实飞入梦里
我的前世是飞着的
我前世的前世,俯瞰着飞鸟
我让身体钻过城门
翅膀从城上飞过
所有的珍宝以及美艳
我只取走升上天空的部分
有一天,我飞不动了
就让我飞过的羽毛继续飞
对于山川,我只取银色之上的气流
对于江河,我只取冰封时的两岸
我取走星宿般闪烁的永恒
但我扮作画了假翅膀的小丑
没人看见我飞行的模样

二〇一六年九月二十二日

图书在版编目（CIP）数据

远如紫色 / 桓熔著. -- 北京：当代世界出版社，2023.2
ISBN 978-7-5090-1702-9

Ⅰ.①远… Ⅱ.①桓… Ⅲ.①诗集-中国-当代 Ⅳ.①I227

中国版本图书馆 CIP 数据核字（2022）第 222648 号

书　　名：	远如紫色
出版发行：	当代世界出版社
地　　址：	北京市东城区地安门东大街 70-9 号
邮　　箱：	ddsjchubanshe@163.com
编务电话：	（010）83907528
发行电话：	（010）83908410
经　　销：	新华书店
印　　刷：	北京中科印刷有限公司
开　　本：	889 毫米×1092 毫米　1/32
印　　张：	8
字　　数：	130 千字
版　　次：	2023 年 2 月第 1 版
印　　次：	2023 年 2 月第 1 次
书　　号：	978-7-5090-1702-9
定　　价：	59.00 元

如发现印装质量问题，请与承印厂联系调换。
版权所有，翻印必究；未经许可，不得转载！